Le début du modèle P.38
l'étude ou le chant P. 36,
le billet doux P.30
La Resistance P.48.

Philippe Sollers

Liberté du XVIIIème

Gallimard

Philippe Sollers est né à Bordeaux. Il fonde, en 1960, la revue et la collection « Tel quel » ; puis, en 1983, la revue et la collection « L'Infini ». Il a notamment publié les romans et les essais suivants : *Paradis, Femmes, Portrait du Joueur, La Fête à Venise, Le Secret, La Guerre du Goût, Le Cavalier du Louvre, Casanova l'admirable, Studio, Passion fixe, Éloge de l'Infini, Mystérieux Mozart, L'Étoile des Amants.*

Découvrez, lisez ou relisez les livres de Philippe Sollers :

FEMMES (Folio n° 1620)

PORTRAIT DU JOUEUR (Folio n° 1786)

THÉORIE DES EXCEPTIONS (Folio Essais n° 28)

PARADIS 2 (Folio n° 2759)

LE CŒUR ABSOLU (Folio n° 2013)

LES FOLIES FRANÇAISES (Folio n° 2201)

LE LYS D'OR (Folio n° 2279)

DRAME (L'Imaginaire n° 227)

IMPROVISATIONS (Folio Essais n° 165)

LE SECRET (Folio n° 2687)

LA GUERRE DU GOÛT (Folio n° 2880)

LE CAVALIER DU LOUVRE (Folio n° 2938)

Les surprises de Fragonard

Tire-toi d'affaire comme tu pourras, m'a dit
la nature en me poussant à la vie.

Réponse de Fragonard
à un ami.

Oh, écoutez, au point ou nous en sommes, nous n'avons plus qu'une seule ambition, qu'on nous laisse tranquilles, que nous puissions vérifier l'expérience... Nous avons fermé la porte. À double tour. Pour qu'on nous abandonne *dehors*. Paradoxe? C'est ainsi. Il faut d'abord verrouiller pour sortir. Voilà, tous les autres sont rentrés, vous les avez mis dedans, la scène vous appartient pour un aparté rapide, on va vous montrer la merveille. Vous n'en parlerez à personne, promis? Je le sens, Fragonard, je l'entends, je l'attends comme un double transparent dans sa parallèle... Comme nous sommes heureux d'avoir

été exclus par le grand reportage, la migraine
morale, l'usine avenir... Au début, nous avons
été intrigués. Puis agités. Puis obligés. Puis
punis. Puis oubliés ou travestis. Puis déprimés.
Puis libres. Il suffisait de le décider ou, plutôt,
de laisser la décision s'opérer.

Il est temps de faire de Fragonard un
peintre *profond*. Pour y parvenir, c'est comme
si nous devions soulever une pierre tombale à
mains nues, ce qu'on appelle joliment le poids
de l'Histoire, somme des résistances, des
aveuglements, des malveillances accumulées
depuis deux siècles, des vengeances contre
une représentation sans équivalent de la gratuité humaine. Ah, vous voulez dire le dix-huitième siècle ? Encore ? À nouveau ? Eh oui. Je
n'y peux rien, c'est là que l'aiguille magnétique revient d'elle-même dès qu'on cesse de
l'affoler, de vouloir à tout prix lui faire indi-
quer un faux Nord. D'ailleurs, c'est plutôt le
Sud que nous cherchons sans relâche, un Sud
mythique, l'âge d'or, le paradis physique. Il a
existé, on l'a vu, donc on peut le retrouver. Et
pas du tout un paradis archaïque où Adam et
Ève, toujours un peu empotés avec leur ser-
pent fatal, sont fixés primitivement pour
maintenir la croyance à un commencement-
mannequin du grand film classique, non, mais
un paradis très peuplé, fourmillant, ombreux,

plein de moments privilégiés et réels. « Ceci a eu lieu », nous disent ces dessins, ces tableaux. « Ceci a eu lieu, à tel instant, sous tel angle, je savais, moi, le pinceau, le crayon, que je coïncidais avec le lieu et la formule », comme l'a dit un poète, plus tard. Comment a-t-il appelé ça, déjà ? Des illuminations ? Oui. « J'ai embrassé l'aube d'été. » « Quand le monde sera réduit en un seul bois noir pour nos quatre yeux étonnés, — en une plage pour deux enfants fidèles, — en une maison musicale pour notre claire sympathie, — je vous trouverai. » « Je suis un inventeur bien autrement méritant que tous ceux qui m'ont précédé, un musicien même, qui ai trouvé quelque chose comme la clé de l'amour. » « Rêve intense et rapide de groupes sentimentaux avec des êtres de tous les caractères parmi toutes les apparences. » « Le long de la vigne, m'étant appuyé du pied à une gargouille, — je suis descendu dans ce carrosse dont l'époque est assez indiquée par les glaces convexes, les panneaux bombés et les sophas contournés. » « En quelque soir, par exemple, que se trouve le touriste naïf, retiré de nos horreurs économiques, la main d'un maître anime le clavecin des prés. » « À vendre les corps, les voix, l'*immense opulence inquestionable*, ce qu'on ne vendra jamais. » « Au réveil il était midi. »

J'ai souligné, dans ces phrases de Rimbaud, *immense opulence inquestionable*, parce qu'elle me paraît convenir à ce que nous dit, très simplement, Fragonard. J'aime rapprocher ces deux noms. Il me plaît de penser que Claudel, dans son petit texte sur la lecture de Fragonard, dans *L'œil écoute*, daté du 8 juillet 1941, en pleine humiliation française, en plein degré zéro voulu par l'ordre moral, a lui-même établi ce rapport... «La sonorité d'une phrase non prononcée emplit toute la scène.» Dans le *Journal* du 1er juillet (il fait chaud, pourquoi ne serait-il pas midi?), la notation est encore plus précise à propos des deux acteurs, un homme et une femme : «L'un pour lire tourne le dos à la vie et l'autre résolue à s'y épanouir lui accorde un moment d'attention.» — «Ce sont de tristes tableaux, dit encore Claudel, ceux auxquels il est impossible de prêter l'oreille.» Sans doute. Mais peut-être faut-il faire un peu plus que prêter l'oreille. Fragonard, aujourd'hui, décide de nous parler carrément, et même de nous donner un concert.

Pour cela, il aura fallu du temps. Un drôle de temps, sur lequel les historiens n'ont pas fini de s'interroger et de s'interpeller d'autant plus qu'il met en cause un traumatisme

aimantant plus ou moins tous les discours et
toutes les interprétations — la Révolution
française. Disons simplement ceci : en com-
mémorant Fragonard, ce pays — et le monde
entier avec lui — poserait sans doute la seule
vraie question qui mérite de l'être. Où et
comment, à quelles conditions, l'être humain
peut-il apparaître dans sa plénitude concrète,
non forcée, non mythologisée, fragile, épanouie ? Où et quand le non-sommeil de la raison permet-il d'éviter les monstres tout en lais-
sant place au désir ? Cette question est l'âme
de Fragonard et de tout ce que ce nom
montre. Il ne s'agit pas de religion (quel
peintre moins tourné vers le ciel ou l'enfer ?),
ni d'aventure collective, mais de savoir *enfin* ce
qu'on peut faire avec le corps humain, ici,
maintenant, sans l'asservir, le torturer, le
contraindre à travailler ou à se divertir selon
des codes de masses, bref sans l'utiliser ni
l'employer. Il faudrait pouvoir parler d'une
force de plaisir comme on l'a fait d'une force
de travail — d'un principe de cette force, et
c'est cela, il me semble, que notre peintre a
voulu saisir au vol avec une obstination particulière. Son nom, donc : on sait qu'il signait
Frago, syllabes où il est impossible de ne pas
entendre le *ago* latin qui signifie mettre en
mouvement, se mouvoir, s'élancer, accomplir,

poursuivre ; mais aussi jouer une pièce ou
tenir un rôle, passer la vie ou le temps selon
un agenda réglé. C'est l'*acte* qui entre en scène
en première personne. D'une façon qu'on
peut juger agonistique, d'ailleurs, c'est aussi
une lutte. Et qui fait du bruit (*fragor*) en frac-
turant, en fractionnant, en faisant craquer. Un
bruit qui exhale une odeur suave (*fragro*) avec
un fond de fraise encore audible en italien
(mais l'Italie est toute proche de Grasse, ville
de Fragonard et capitale des parfums, lesquels
comportent parmi eux le nard indien, ou
celui d'Italie, justement, nom vulgaire de la
lavande aspic). Enfin, pour la beauté complète
de la chose, pourquoi s'interdire d'entendre,
comme si on les déchiffrait sur une plaque
minéralogique, les trois premières lettres de
France dans *Frago* ? Plus elliptiquement et
intrinsèquement français que Fragonard, tu
meurs. La coupe transitive que Jean-Honoré
Fragonard fait de son nom n'est pas un
hasard. Il se dégage de ses maîtres Boucher et
Chardin, il prend l'Italie en diagonale (deux
voyages, dont l'un avec son grand ami au nom
lui aussi invraisemblable, l'abbé de Saint-
Non), il va constamment insister sur sa liberté
d'exécution et son indépendance (pas d'institution, des commandes personnelles), pas de
doute il est *frago*, c'est le mouvement en mou-

vement, jamais d'hésitations dans les ruptures
(le receveur des Finances Bergeret qui l'em-
mène en Italie pour la seconde fois s'apperce-
vra avec stupeur qu'il veut, cet artiste, garder
ses dessins pour lui), toute sa biographie le
laisse deviner (et ses tableaux, donc!), c'est un
des hommes les plus libres de son temps,
comme seuls Manet, Rodin ou Picasso le
seront un jour, il confirme le grand Watteau,
il pousse plus loin l'aventure — bref on a
voulu l'effacer, il est là. Et même drôlement là
puisqu'une de ses toiles principales, *La Fête à
Saint-Cloud,* se trouve ni plus ni moins dans les
appartements du gouverneur de la Banque de
France.

On ne sait presque rien de lui, les docu-
ments sont rares. Le «Tire-toi d'affaire comme
tu pourras, m'a dit la nature en me poussant
à la vie», est, avec «Je peindrais avec mon
cul», un des seuls mots qu'on est sûr qu'il ait
prononcés. C'est peu. C'est beaucoup. Il faut
se débrouiller avec lui. L'inventer, en un sens,
comme il a inventé ses fêtes. Le bateau en-
chanté arrive à Rambouillet. D'où vient-il? De
Cythère? De Venise? D'une autre planète?
Qu'est-ce que cette Nature? Où l'avez-vous
rencontrée? Un peu partout. Nulle part. C'est,
comme le dit Rousseau dans *La Nouvelle*

Héloïse en définissant un parc : « Un composé
de lieux très beaux et très pittoresques dont
les aspects ont été choisis en différents pays,
et dont tout paraît naturel excepté l'assem-
blage. » Voici : un halo d'électricité court au
sommet d'une végétation de rêve. Des grottes
de feuillages annoncent des pénétrations
inconnues. L'embarcation entre par la droite,
en sens inverse de l'écriture et de la lecture,
« à l'orientale », à la chinoise. C'est à un renversement du sens et des perspectives que
vous êtes conviés. Plus tard, au bout de cette
allée, un rite très spécial sera accompli, une
invocation ardente et magique. Un serment.
Une offre. Un sacrifice. Un don. Un corps
féminin sera conducteur. Un corps échevelé
de voiles, liquide, fondu, s'adressant à une statue. Il va se dissoudre, ce corps, il voudrait être
sculpté pour durer. Il vient du divertissement
des jardins, balançoires et colin-maillard,
main chaude, enjeu perdu, poursuite, esca-
lade... Tous les prétextes sont bons pour expo-
ser le cache-cache et le croisement des peurs,
des plaisirs. Théâtre : il s'agit d'un décor,
l'époque aime s'entourer de panneaux, intro-
duire l'illusion et donc la vérité partout, mêler
les volumes, multiplier les chances. Nous
voyons ici la danseuse de Fragonard, elle rime
avec lui, c'est Mlle Guimard. De même

qu'Anna Girò pour Vivaldi, elle représente son double évolutif, son instrument, sa voix. Autant de petits opéras, il faut écouter l'air, la ligne qui vient déchirer le jardin factice. On sait, par exemple, que *Les Hasards heureux de l'escarpolette* (tableau refusé par le Louvre en 1859 et désormais à la Wallace Collection de Londres) est une commande qu'un artiste plus soucieux de respectabilité avait refusé d'exécuter. On se retrouve dans une « petite maison » des alentours de Paris, un homme de cour veut fixer son jeu préféré avec sa maîtresse. On est peut-être dans une de ces sociétés libertines secrètes qui ont été nombreuses sous Louis XV, la *Société du Moment*, l'*Ordre de la Félicité*. La société du moment. Le moment trouvé. L'instant désiré. À la Chaussée d'Antin, dans l'hôtel de Mlle Guimard que décore Fragonard, il devait s'en préparer des « moments », et il est étonnant de remarquer qu'une des rares anecdotes qui soient parvenues jusqu'à nous concerne ce lieu. C'est en 1773. Il existe deux versions de l'affaire. L'une de Grimm, dans sa correspondance littéraire citée par les Goncourt, où la brouille entre la danseuse et Frago conduit celui-ci à modifier en secret le portrait d'apothéose qu'il a fait de son amie en Terpsichore. « Un beau jour, il se faufile jusqu'au salon et avec la palette et le

pinceau de son successeur absent, il touche en
un rien de temps au sourire de la déesse, l'en-
lève, lui fait une bouche de colère, un visage
de Tisiphone à laquelle Mlle Guimard ressemble tout à fait, lorsque, arrivant pour montrer son salon à des amis, elle entre en fureur
devant la vengeance du peintre. » L'autre
récit, *via* Mme Fragonard : c'est Frago qui s'en
va — pas payé en espèces ? — quand elle lui
dit « Monsieur le peintre, ça ne finira-t-il
pas ? » et qu'il répond « C'est tout fini ! » en
claquant la porte. Dans ce cas, le « successeur »
serait David qui en aurait toujours été reconnaissant à Fragonard (d'où protection pendant la Terreur). Les questions de *décorations*,
comme on voit, sont loin d'être innocentes (je
pense aux *Nymphéas* de Monet). Fragonard
emportera ainsi avec lui, à Grasse, quatre
toiles commandées par Mme du Barry à la
suite d'un désaccord avec elle, et la fameuse
villa qu'il habita à l'époque (on peut la visiter
aujourd'hui), son refuge contre la police, est
un monument déchiffrable : l'entrée et l'es-
calier remplis d'emblèmes républicains et
maçonniques (de quoi rassurer les passants de
l'ordre nouveau) et « instants désirés » dans les
étages. Savoir où l'on habite, avec qui, pour
quoi faire, est sans doute l'un des problèmes
les plus importants de l'art.

Avec justement, chez Fragonard (tiens, comme chez Sade), une affaire de belle-sœur. Il se marie à quarante ans. Sa femme, Marie-Anne Gérard, lui propose bientôt de vivre ensemble avec sa jeune sœur à elle, Marguerite. Cette dernière a seize ans. Elle parle de son « maître et bon ami Frago ». Elles sont peintres toutes les deux, comme par hasard. On peut en déduire qu'elles savent comment fonctionne un pinceau. Elles font des miniatures. Deux enfants aussi, pour la première : Rosalie (morte à dix-huit ans) et Évariste. L'organisation intime de Fragonard est, à mon avis, sensible partout. L'âge d'or est d'abord vécu chez soi dans une atmosphère d'inceste minutieusement sublimé et qui va éclairer, par en dessous, toutes les toiles. Cela aussi, c'est l'énigme : vie de famille et licence, à égalité. Temps long et temps court. Économie et dépense. Peu de peintres ont été aussi à l'aise avec les enfants, « miniatures » en effet, pas seulement les « Amours » qui servent d'adjuvants ailés au dénudement du corps féminin, se complaisant dans ses replis, mais aussi des petits garçons, des petites filles, tous vifs, charmants, éblouis. Un court-circuit historique ? Ce *Pierrot* la main dans sa manche, la main à l'intérieur du tableau, vitalité concentrée dans l'éclat des yeux, et le *Paulo* de

Picasso, en 1925. C'est le même enfant, les deux pères partent du même principe de comédie positive. Cette fillette sera sans doute une coquette, ce pierrot un jouvenceau en action avant de devenir l'un de ces hommes emportés et comme frappés par l'immédiateté de leur propre existence. Musiciens de Fragonard, mousquetaires de la fin de vie de l'Espagnol de Paris, Picasso et Frago même combat, peintre et son modèle, baiser trouant la toile, insolence rieuse du narrateur-acteur, jugez, comparez. Par ailleurs, il y a beaucoup de points communs entre *Le Début du modèle* et *La Maîtresse d'école* : de l'apprentissage scolaire devant la table de la loi (il faut savoir lire) aux préliminaires du déchiffrement du corps féminin, se produit un saut, un renversement de la situation, que j'aime lire comme une confidence autobiographique. (« Un jour tu la liras à ton tour, cette belle savante au couteau ! ») Fragonard a beaucoup attendu les récréations. La maîtrise érotisée de l'alphabet et de la lecture (la lecture, thème constant) ouvre sur un jeu disparu, le colin-maillard, vision avec les mains, apprentissage des dimensions minuscules, bonne excuse pour tâtonner sur les détails apparemment innocents, les fronts, les nuques, les cous, les nez, les épaules. Deuxième et troisième dimension. Main

chaude. Lettre sur les aveugles. Heureux ceux
qui, dans leur jeunesse, ont été dans des col-
lèges ou des lycées mixtes, dans le Sud, à
proximité de grands parcs. Cela change un
peu les cours de français, de grec, de latin,
d'histoire. Homère dans les buissons... Napoléon relativisé par les arbres... *Le Neveu de
Rameau* récité sur fond de vignes ou de prés...
Ils sont sympathiques, ces Goncourt, à Paris,
en train de relancer le dix-huitième après le
procès de *Madame Bovary* (nostalgie de Mme du
Barry) et des *Fleurs du Mal*, tout en annonçant
la mode du séjour en Provence. Ils n'y tien-
nent plus, le naturalisme les ennuie, l'Empire
les glace (deux « Empires », et jamais la République de Fragonard !), ils accumulent les
mots pour le seul plaisir d'en nimber Frago :
lauriers, orangers, citronniers, grenadiers,
amandiers, cédratiers, arbousiers, myrtes, ber-
gamotiers... Et les fleurs : tulipes, œillets,
roses... Et les plantes : thym, romarin, sauge,
menthe, nard, lavande... Les roseaux... « Grasse
des odeurs, des sucres, de la parfumerie et de
la bonbonnerie. » Ils ont même cette expression qui leur donne presque droit à une réha-
bilitation complète : « distillerie dans un paradis ». Bien entendu, on est encore à l'époque
où l'on croit qu'un artiste est le fruit d'un lieu,
d'un milieu. Ce n'est pas faux, ce n'est pas vrai

non plus, sans quoi, n'est-ce pas, il y aurait
plus d'élus que d'appelés, ce que la nature
n'est pas là pour confirmer. Tout de même :
un enfant né ici ou là, ce n'est pas la même
chose. Le préjugé, de nos jours, s'est inversé à
tel point que la vérité doit être au milieu. Difficile de nier, pourtant, que les endroits pro-
pices au dénudement entraînent un stock de
notations primitives. Toutes les scènes surprises ne se valent pas.

Voici donc comment on devient à la fois
philosophe et homme d'action. Les portraits
de l'abbé de Saint-Non ou de M. de la Bre-
tèche sont aussi des autoportraits, bien entendu, comme ils sont des apologies du *fa
presto*, du feu de l'exécution, de l'*action-pain-
ting*. *Frago presto, frago furioso...* Ici, il est déjà
très loin de son siècle, on ne l'y enfermera pas.
Il est à la Renaissance ou alors dans la fantai-
sie postmoderne, après un coup de dépression
générale, Saint-Non en Espagnol, Diderot
lisant à sa table... Le bouillonnement du linge
et des étoffes est une situation de présence ins-
tante. Curieux prophètes sans religion, mili-
taires sans guerres, penseurs sans systèmes,
diplomates de l'instant, dirait-on, comme
frappés de plein fouet par une évidence qui
ne viendrait ni de l'intérieur ni d'ailleurs.

D'où, alors ? D'une sorte d'énergie dégagée
par l'espace pur. Une écriture ancienne, peut-
être la sienne, dit à l'envers des toiles : « Portrait peint par Fragonard en 1769, en une
heure de temps. » Il veut désigner ici, à travers
la figure de l'amateur et du connaisseur, la
signature de sa vitesse, passage dans l'épais-
seur, larges touches, brossage emporté, avidité
des couleurs. Ces personnages sont des héros
de l'Arioste, Roland retrouvé en Italie (pensons aux mots français pour exprimer la folie
dans l'opéra de Vivaldi : ils ont pu l'entendre
après tout, Saint-Non et Frago, cet *Orlando*,
lors de leur premier voyage, celui de la révélation de Tiepolo). Que peut penser un Français ? Comment se déplace-t-il dans la pensée ?
Deux apparitions, je crois, nous le disent : le
Diderot de Fragonard, le Mallarmé de Manet.
Deux expérimentateurs du *cogito* captés en
pleine maturité, en pleine subversion oblique,
par un pinceau exactement symétrique et
témoin (la réciproque n'est pas vraie). Le Cas-
tiglione de Raphaël peut alors dialoguer avec
ces deux figures complexes, animées d'une
désinvolture en abîme, de la *sprezzatura* qui les
rend insaisissables, « mes pensées, ce sont mes
catins », « tel qu'en lui-même enfin l'éternité
le change ». Introduisons ici, c'est le moment,
l'auteur des deux phrases fameuses : « Le style

est l'homme même » ; « Ce qu'il y a de meilleur en amour, c'est le physique », tel que le décrit Hérault de Séchelles en septembre 1785 :

« M. de Buffon rentrait quelquefois des soupers de Paris, à deux heures après minuit, lorsqu'il était jeune ; et à cinq heures du matin, un Savoyard venait le tirer par les pieds, et le mettre sur le carreau, avec ordre de lui faire violence, dût-il se fâcher contre lui. Il m'a dit aussi qu'il travaillait jusqu'à six heures du soir. J'avais alors, me dit-il, une petite maîtresse que j'adorais : eh bien ! je m'efforçais d'attendre que six heures fussent sonnées pour l'aller voir, souvent même au risque de ne plus la trouver. À Montbard, après son travail, il faisait venir une petite fille, car il les a toujours beaucoup aimées ; mais il se relevait exactement à cinq heures. Il ne voyait que des petites filles, ne voulant pas avoir de femmes qui lui dépensassent son temps. »

Sacré Buffon !

Ce « dépensassent » m'enchante.

En 1802, la lettre qu'adresse à Fragonard, ainsi qu'à sa femme, Marguerite Gérard, lui souhaite « quelques ducats de plus », ce qui suppose une situation assez gênée, et aussi « deux ou trois petites filles pour folâtrer ».

Une petite fille ? Par exemple la *Jeune fille se pressant le sein* qu'on pourrait appeler la conso-

lation du penseur. Montrez-moi donc ce sein
que j'attendais de voir. C'est tout simple. Il n'y
en a pas beaucoup d'aussi clairs. Ce qui m'in-
téresse, pour l'instant, c'est que Diderot
feuillette les pages de l'*Encyclopédie* « comme »
le sein sort de son linge. Fragonard était le fils
d'un marchand drapier, les étoffes n'ont pas
de secrets pour lui. Il sort d'un monde de
toiles. Le coton, le velours, la soie, les den-
telles, les taffetas, le satin, les brocarts s'ensui-
vent. Les draps et les chemises aussi, nous
allons le voir. Et les rideaux, donc, les tentures, les édredons, les traversins, les matelas,
les oreillers, les mouchoirs... Du sommeil
enveloppé ou nu à la veille habillée mais toujours un peu négligente, « à l'aise », la pensée
se poursuit, la même, celle d'un corps sans
cesse étonné d'être là, qui calcule, évalue, se
rappelle, se *débarrasse*. C'est le matin, Diderot
vient de se lever, il s'est mis à lire, il regarde
un arbre par la fenêtre, tout fonctionne à la
fois, le savoir, la réflexion, l'observation, le
nerf de formulation. Sophie Volland tout à
l'heure recevra sa lettre : « J'ai conduit deux
Anglais, qu'on m'avait adressés, chez Eckard
[célèbre claveciniste allemand installé à Paris
en 1758] qui a été pendant trois heures de
suite divin, merveilleux, sublime. Je veux mourir si, pendant cet intervalle-là, j'ai seulement

songé que vous fussiez au monde. C'est que je
ne songeais pas qu'il y eût un monde. C'est
qu'il n'existait plus pour moi que des sons
merveilleux et moi. » Ou peut-être : « Et puis
voilà la soirée qui se passe à dire des folies ;
mais des folies Dieu sait quelles. Dix fois nos
bougeoirs furent éteints et rallumés. Pendant
ce temps-là, il lui avait passé une main dans le
dos, et il allait toujours en enfonçant ; et elle
disait en se débattant : "Voilà-t-il pas ce chien
de musicien qui va toujours aux instruments
de musique." » Ou encore, à son retour de
Russie : « Mme de Blacy, on dit que pendant
mon absence, quelqu'un m'a coupé l'herbe
sous le pied. Si vous êtes restée ce que vous
étiez, vous auriez tout aussi bien fait de me
garder. Si vous vous êtes départie de la rigidité
de vos principes, je vous félicite de votre per-
version et de votre inconstance. Comme je vais
être baisé de Mme Bouchard si elle a conservé
son goût pour l'histoire naturelle ! J'ai des
marbres, et tant de baisers pour les marbres ;
j'ai des métaux et tant de baisers pour les
métaux ; des minéraux, et tant de baisers pour
les minéraux. Comment fera-t-elle pour acquit-
ter toute la Sibérie ? Si chaque baiser doit avoir
sa place, je lui conseille de se pourvoir d'amies
qui s'y prêtent pour elle. » Diderot n'a pas
reconnu Fragonard ? Peu importe, c'est le

même spasme du poignet, direct jusqu'à la syntaxe. Un spasme spirituel qui allait se faire admirer partout en Europe puisqu'en définitive, avant de basculer dans l'allemand puis l'anglais, tout le monde parlait français. Est-ce qu'ensuite la peinture est restée aussi favorisée par la même effervescence de langue ? La réponse est trop évidente. Diderot : « La philosophie n'est que l'opinion des passions. C'est la vieillesse d'un moment. » La philosophie sans peinture ? Une vieillesse qui dure.

Littérature, peinture, musique. Fragonard est, par excellence, le peintre qui est conscient de ce nœud où les corps trouvent leur respiration essentielle. Le peu d'interprétation dont son œuvre est l'objet s'explique sans doute par là : la « solution » est trouvée, elle se représente heureusement, elle doit donc disparaître, sans reste. Voilà un monde sans problème, donc une absence de monde, une réalité maudite, une pure superficialité, rien à chercher derrière, aucun devenir, pas d'angoisse ni de culpabilité, même pas la touche de mélancolie romantique dont Baudelaire charge Watteau, l'« oreiller de chair fraîche » de Rubens est ici encore plus insolent de n'être dédié à aucune mythologie. Degré zéro des symboles. L'immanence parfaite s'est

donc montrée au moins une fois. Or l'immanence est insupportable. On a l'impression
que c'est de toutes ses forces que l'Histoire,
l'Hystoire, a crié à Fragonard : *Assez !* Il fallait
bien qu'il y eût, de nouveau, un monde. Il fallait bien nous faire retomber dans le temps. Y
compris, comme d'habitude, par un Déluge,
s'il est vrai qu'on peut soupçonner les habi-
tants de ces tableaux d'avoir pensé : « Après
nous le Déluge ! » Cet inconscient de Fragonard non seulement ignore le temps, mais
encore en affirme la vacuité pour des personnages courants de ce monde-ci, l'humain,
comme absous de la corvée d'être. Si encore
il avait situé son roman dans l'Antiquité ou
parmi des divinités ! Mais non, rien. *Une messe
du Pape*, tellement bizarre, pontife fuligineux
à genoux, simple bonjour, en passant, aux tor-
sades du baldaquin du Bernin... Si encore il
s'agissait d'aristocrates, classe condamnée par
la durée ! Mais non : il n'est même pas
« païen », pas plus qu'il n'est au service de la
moindre classe. Il est littéralement positif. Ça
ne pouvait pas continuer, que voulez-vous,
cette vacance. Le lien social, comme on dit,
sur le point d'être dissous en pleine lumière...
Il fallait réagir, appeler à la rescousse, je ne
sais pas, moi, l'Être suprême, les Peuples, le
Contrat de base, les Furies et les Érinyes,

Sodome et Gomorrhe, toutes les abstractions, couper court et sec à cette débauche pour rien, à cette ébauche sans lendemain... Le serment des Horaces et des Curiaces, en attendant le sacre de l'Empereur, est à déchiffrer ainsi : *Plus jamais ça !* Magie contre magie. Plus jamais des corps gratuits en mouvement perpétuel ! La mort a ses droits ! Le psychisme aussi, qui n'est que l'autre nom de la rumination du temps pour tous ceux qui sont affectés d'un monde. Elle a été gravement offensée, la mort ! Les Dieux ont soif ! Rien à objecter, bien sûr, nous sommes dans la thermodynamique. Fragonard était impossible et réel, impossible *parce que* réel, comme l'hypothèse vertigineuse qui émane de ses tableaux. En route pour la Terreur ! Et, de là, aux charniers nouveaux ! Retour à l'Idée ! Fixe ! Carré blanc ! Noir ! Le mouvement non canalisé nous aurait fait perdre la tête : que les têtes tombent, plutôt. Il nous faut une Loi. L'humanité est un culte, ses criminels eux-mêmes en sont la preuve dont on ne saurait trop entretenir la mémoire odieuse. Le vrai crime contre l'humanité, c'est peut-être Fragonard, au fond. Sa punition ? Je l'ai dit : *pas d'interprétation.* Ah oui, c'est joli, charmant, vous aimez ça ? Sur le ton : quelle inutilité, quelle écume ! Mais les *Illuminations* de Rimbaud, un

siècle après, s'ouvrent, on s'en souvient, par
un «Après le Déluge» : «Aussitôt que l'idée
du Déluge se fût rassise [...]. Dans la grande
maison de vitres encore ruisselante les enfants
en deuil regardèrent les merveilleuses images
[...]. Madame*** établit un piano dans les
Alpes [...]. Puis, dans la futaie violette, bour-
geonnante, Eucharis me dit que c'était le prin-
temps.»

Fragonard : le tableau volé, comme on dit
«la lettre volée» ? Voyez *Le Billet doux*. Depuis
le temps qu'elle attend qu'on la considère,
cette lettre, portée par ce bel insecte jaune et
vert... La cabine du vaisseau spatial dix-huitième arrive jusqu'à nous avec son hublot sem-
blable à une loupe. Les tentures, les rideaux,
toute une part de la robe, la table baignent
dans une atmosphère d'alcool ou de thé. Le
papier frais repose sur le sous-main comme les
fesses cachées sur le tabouret. Un chien a été
emporté dans la navigation expérimentale.
Regardez de plus près, voyons : voilà ce que dit
l'ensemble. Regarder quoi ? Que l'enveloppe,
contre toute logique, porte le nom d'un Monsieur ? C'est déjà troublant, nous pensions
qu'il s'agissait d'un billet reçu et non en cours
d'expédition. À moins qu'il ne s'agisse d'une
interception ? D'une espionne ? Qui sait ?

Cette belle rousse, aux yeux dérobés et chauds, doit avoir plus d'un tour dans son sac. Mais non, elle vient d'écrire, elle dissimule son message dans un bouquet de fleurs en forme de cornet à dés, elle va l'emporter contre elle, ce bouquet, jusqu'au moment où elle pourra mettre sa petite lettre à la poste. C'est-à-dire dans la poche de qui l'attend. Ah, cette oreille ! Le ruban d'Olympia ! (L'Olympia de Manet, oui, vous regarde depuis le Déluge !) Les hommes écrivaient donc de telle façon, à l'époque, qu'ils recevaient par retour du courrier ce paquet complet ? Pauvre Emma ! Pauvre Albertine surveillée nuit et jour ! En voilà une (je veux bien que ce soit la fille de Boucher et qu'elle s'appelle Marie-Émilie ; je veux bien aussi qu'elle écrive à son fiancé ou à son mari) — en voilà une qui jouit, c'est le moins qu'on puisse dire, de sa liberté d'aller, de venir. Elle rencontrerait Casanova au coin de la rue que cela ne serait pas pour nous surprendre. Pourtant, non, elle n'est pas « là-bas », dans le temps, mais bien ici, à New York (le tableau est au Metropolitan). Le papier, les fleurs, le billet, la bouche... Elle pourrait chuchoter dans ses fleurs (églantines ?)... Grand papillon réduit à son écriture aussi précise que les yeux vers vous... Impossible de ne pas avoir l'hallucination suivante

(le hublot est là pour la provoquer) : elle était
en train de lire, avec son face-à-main, le
papier, devant elle, sur lequel rien n'est écrit.
Vous arrivez, hop, elle détourne la tête, la
lettre est cachetée et ne vous parviendra
jamais. Elle est entièrement ce billet, rien
d'autre. Et c'est vous qui n'êtes pas là, vous
êtes exclu de la vue. Dommage : si vous aviez
pu surprendre ces phrases, le tableau était à
vous. La force magnétique qui vous interdit
l'entrée ? Le redoublement du regard de la
voyageuse par le petit chien occupant son
siège. Il est installé, lui. Elle est juste posée sur
le bord, comme un mot oublié sur le bout de
la langue. La lumière, le papier, les fleurs, les
étoffes, le chien confident auto-érotique... Et
simplement ce visage détourné... Quelque
chose a été entendu, voilà tout.

Un spectre hante donc la conscience du
Temps : le dix-huitième siècle français. Dire
« français » est d'ailleurs un pléonasme, le dix-
huitième *est* français par définition. N'est-elle
pas là à chaque instant cette sensation cou-
pable, sourde, rongeuse ? Voyez Céline dans
Bagatelles pour un massacre, son désir de ballet,
son premier projet maladroit, « La naissance
d'une fée ». « Époque : Louis XV. Lieu : où
l'on voudra. Décor : une clairière dans un

bois, des rochers, une rivière dans le fond. »
Céline veut du mouvement en soi, des
« ondes », des danseuses... Mais il ne peut pas
les parler ou les faire parler. Elles restent inaccessibles, réquisitionnées, c'est le ratage
sexuel — castration, sodomie —, et la logique
suit : non, nous n'avons pas pu perdre les
femmes légères par notre faute, le responsable
ne peut être que le Diable, le Juif. Jamais on
n'avait mieux mis en lumière le fait que l'an-
tisémitisme est toujours une perte de sexe
dans le symbolique. Il ressort de la grande nostalgie du rythme interrompu deux siècles plus
tôt. Et ce nom qui apparaît soudain, déformé,
dans une cave enfumée où s'exaltent des
pauvres révolutionnaires parlant de peinture
murale... L'injure suprême... Le « peintre de
chefalet »... Qui donc ? *Fragoûnard*... Comme
ce surgissement, au fin fond du texte le plus
délirant et virtuellement criminel du vingtième siècle, est étrange... Fragoûnard...
Frago, en effet, n'a jamais peint à proprement
parler de danseuse : la danse n'est pas isolée
ou valorisée, *parce qu'elle est partout*. Il faut
qu'une profonde aphasie, conséquence du
désir inassouvi, se soit produite pour que
l'idée d'une plénitude physique et dansante
devienne une idée rédemptrice opposée à une
maladie raciale. Fragonard ? La meilleure thé-

rapeutique préventive contre le toutoulita-
risme. Chez lui, rien n'est tout, chaque détail
est libre. Vous voulez éviter le fascisme ? La
barbarie ? Le kitsch ? Le bazar de l'art
moderne ? La dictature des médias ? Faites
comme les milliardaires avisés ou repentants,
prenez votre valeur refuge : Fragonard.

On a parfois l'impression que tous les récits
du dix-neuvième et du vingtième siècle ne
sont que la mise en scène plus ou moins explicite de cette expulsion du paradis aristocratique naturel. Voyez encore Balzac, Proust. Ce
dernier, quand il veut annoncer l'arrivée du
peintre de la *Recherche*, Elstir, qui convoque-t-il
dans le récit ? Le narrateur a bu du cognac au
wagon-bar sous prétexte d'éviter une crise
d'asthme, le regard réprobateur de sa grand-
mère est sur lui (chez Céline, ce sont les
épouses jalouses qui se révoltent d'abord
contre les jeunes danseuses) : entre Mme de
Sévigné. La marquise, comme l'artiste contem-
porain, dit Proust, « présente les choses dans
l'ordre de nos perceptions au lieu de les expli-
quer d'abord par leurs causes ». La voici, Sévigné, dans un clair de lune : « Je ne pus résis-
ter à la tentation, je mets toutes mes coiffes et
casques qui n'étaient pas nécessaires, je vais

dans ce mail dont l'air est bon comme celui
de ma chambre ; je trouve mille coquecigrues,
des moines blancs et noirs, plusieurs religieuses grises et blanches, du linge jeté par-ci
par-là, des hommes ensevelis tout droits
contre des arbres... » Tiens, de nouveau une
affaire de linges... Proust appelle ce passage
« le côté Dostoïevski des *Lettres* de Mme de
Sévigné », Dostoïevski, selon lui, peignant les
caractères comme elle les paysages. Pourquoi,
dès lors, et sans cognac, ne pas oser parler du
côté Joyce de Fragonard ? Et penser à Nora,
l'Irlandaise du *oui*, en regardant *Le Billet doux* ?
C'est possible. Fragonard n'interdit rien que
la souffrance, la laideur et la mort, c'est-à-dire
nos dieux de remplacement depuis que nous
avons honte d'avoir oublié la fête à Rambouillet ou celle de Saint-Cloud, l'invention du
personnage et sa dimension atomique dans le
paysage, le grand jeu pour rien, le chiffre
d'amour, l'amant couronné, la fuite à dessein...

La danseuse est donc là, elle n'est pas
confisquée ni muette, on l'approche, on est
avec elle dans l'intimité, à l'étude, dans la
conversation ou le chant. Le « raffinement
spontané », contrairement à ce que dit Céline,
n'est pas une « route maudite ». Ou alors, cette
malédiction peut être levée. Fils de marchand
drapier ou de dentellière, il suffit d'attraper la

danseuse chez elle, dans un rapt de papier vivant. Voici Mlle Guimard, mi-coq, mi-poule, avec son jabot blanc plumeux et son lacet d'Olympia autour du cou, son chapeau-bouquet sur la tête, son air absent malicieux. Le visage est incliné, conciliant, le nez un peu rouge. L'unique oreille est en alerte gracieuse, les mots manquent pour la décrire, tant pis, ils viendront quand même, les mots, appelés par sa main froissant une esquisse d'elle. Elle est sur ses mains comme sur des pattes, ses jambes sont devenues ses bras, *une danseuse ce sont des bras*. Rouge et verte, la taille fine et pressée comme un tube de couleur, c'est la carte qu'il fallait abattre. Et voici, en parallèle, l'un des plus beaux portraits de femme du monde, peut-être le plus beau : *L'Étude* ou *Le Chant.* Qu'est-ce qu'on ne peut pas faire avec des livres ! Ceux de Frago sont crissants et craquants, le papier est soulevé de plaisir d'être parcouru par ces mains d'oiseau, il respire à l'unisson de cette gorge vibrante, *prolongée*, c'est la descendante émancipée et française de Rubens, dégagée du souci de maternité. La poitrine est une mélodie ramassée, épanouie, pendant que le visage amusé, doux, gentil, se plaît à la contemplation du pinceau invisible. Deux femmes en une : on imagine très bien celle qui sera nue tout à l'heure, chemise enlevée, lit flottant. Et, en même temps, elle est habillée de toute la transmutation des signes (cette touche rouge des feuilles qu'elle vous offre comme une corbeille remplie). Est-ce que vous en avez vu une plus avenante ? Plus lisible à livre ouvert ? Est-ce bien cela que vous vouliez ? Cette largeur de vue mesurée par les *pouces* ? Cette friandise définitive du cou ? Cette prune globale ? Est-ce que ce volume n'est pas tout mangeable ? Mlle Guimard n'a rien à refuser à son favori du moment. Et bien entendu elle danse, elle trace une figure d'entrée, elle est à elle seule le corps du ballet...

Nous pouvons maintenant savoir d'où viennent les personnages minuscules de la *Fête à Rambouillet*, pourquoi ils sont capables, dans leur bateau triomphal, de forcer et de déchirer le paysage, de le faire vivre dans un froid et chaud électrique, du vert sombre au jaune éclatant, de l'humide spongieux à la pluie d'or des fleurs en cascade... Fluide glacial et brûlant... Ils ont la clé de l'espace, ils sont cubistes à leur manière, voyez *La Leçon de musique*, explicite démonstration de plans. J'ai été dans une autre vie, je le jure, ce petit professeur penché sur son élève bien appliquée, bien raide, n'osant pas encore attaquer vraiment la sonate, Couperin ou Scarlatti, pas de

notes, n'est-ce pas, mais des traits bleus et gris,
on joue la musique *peinte*, allez, fauteuils, clavier, voile de bois du couvercle relevé, du cer-
cueil rouvert, on y va. Oui, oui, ça peut marcher, il l'a décidé, il le sait. Doucement, hein,
mais sans faiblesse. On regarde bien les mains,
l'affaire est bouclée, vous avez droit, vous,
spectateur perdu dans le temps, au regard du
chat, petite tête de mort bien vivante sortant
du tombeau renversé du luth. Chacun devine
ce qu'il doit garder comme ligne, jamais de
psychologie, c'est promis. La leçon de musique est une leçon de peinture en musique,
laquelle est une leçon d'amour technique à
travers peinture et musique. C'est écrit, il surveille, elle déchiffre, les volumes pivotent
autour de ça, ils jouent. Même mise en scène
« cubiste » dans *Le Début du modèle*. L'ovale du
tableau ne viendra jamais coïncider avec le
rectangle de la toile *dans* le tableau, le trio des
regards ne cessera pas, les yeux ne se rencon-
treront pas, chacun suit son idée, son roman,
c'est cela, l'harmonie : l'absence de rapports,
ensemble. Quelqu'un propose, quelqu'un se
dispose et un troisième acteur va en disposer
autrement. Un homme et deux femmes, bien
entendu. Est-ce que ce buste vous plaît ? dit,
de façon un peu inquiète, l'entremetteuse ou
l'assistante qui dévoile les seins de la char-

mante statue mise là pour faire saillir le relief
(une sculpture dans l'atelier du peintre,
thème classique). Sans doute, sans doute, mais
nous aimerions en savoir plus sur la jambe
droite... La statue animée, bien blanche, en
est un peu rouge, sourire et coup d'œil
oblique, elle accepte la future peinture d'une
autre manière — disons, plus moderne — que
ne l'aurait souhaité sa vendeuse. Frago-Moïse,
lui, avec sa baguette, passe une fois de plus
entre deux eaux. Habillé en rose, parce qu'il
s'agit bien de la vie en rose, et si le rose ne
vous va pas, tant pis. Imaginez-les venues de
l'extérieur, le modèle et sa sœur, sortant des
embarras de la circulation, pensant à l'objet
de leur visite spéciale... La jupe relevée, la
palette en érection, médaillon en coupe,
tableau dans le tableau du tableau, le mou-
choir sortant du tiroir... Un peu d'escrime
avant de peindre... Touchée... D'ailleurs, la
toile va rester vide, Frago passe son temps à
vous le dire, c'est dans la réalité même que
l'on peint, au fleuret... C'est bien cela que
vous vouliez ? Des seins ? Fascinants ? Ah non,
c'est plus en dessous, que voulez-vous, le
sujet... Laissez-nous... Tout à l'heure... Les
trois trous du pied gauche du chevalet (un
chevalet est un lit à plat, c'est tout)... Pourquoi
cette image est-elle indéfiniment plus exci-

tante qu'une série de photos pornos? Parce
que les femmes sont *pour*, qu'elles envoient à
sa rencontre leur curiosité retenue... Offre-
réserve... Un tableau en cache un autre, toujours... La présentatrice publicitaire était déjà
dans la peinture supposée (sa robe et son
ombre pèsent sur la toile vierge) mais on peut
aller beaucoup plus loin... Il serait absurde de
se jeter sur ce modèle, là, tout de suite... Gar-
dons les distances... Nombreuses séances...
Science des préliminaires, voilà. Le peintre et
son modèle ont toute une histoire à soigner.
Long rapport de forces. Il y a les peintres au
service de leurs modèles, et les autres. Le féminin Frago, là, barre l'entrée de son art aux sol-
licitations précipitées. Peignez-moi!... Oui,
oui, peut-être, une minute... *Just a moment...*
Geste d'aveugle, de sourcier... On n'entre pas
comme ça dans le savoir sur la prostitution
générale des corps... Autrement dit, dans la
gloire.

En effet, au bout de ce roseau pensant qui
sera bientôt un pinceau, sous les apparences
mises à nu, c'est un bouillonnement de fond
qui attend *d'être signé*, un frisson abstrait.

> *Le donne, i cavallier, l'arme, gli amori,*
> *le cortesie, l'audaci imprese, io conto...*

Aucun grand poème ne s'y prêtait mieux, sans doute, que celui de l'Arioste. J'ai déjà évoqué Vivaldi à ce propos, et je crois qu'il faut entendre l'*Orlando furioso* en regardant ces dessins d'une virtuosité dissolvante. Fragonard nous montre ici son paraphe cavalier, son idéal du nom. C'est en vue de cette cavalcade qu'il peint, dans un horizon héroïque dont personne ne semble se douter en le prenant pour un spécialiste de sujets galants. La peinture est un combat noble, une mêlée, une victoire, même si elle est une croisade dérisoire, comme dans le *Don Quichotte* dont il s'est aussi approché. L'érotisme est une éthique militaire, sa réserve de combats est constituée de la mémoire des légendes. Voici Frago le méconnu. Le geste est une chanson, elle vient de loin et va plus loin que l'époque, tout se passe comme si, par cet appel vivant du passé, il projetait ses peintures dans l'avenir où nous les attendions pour, à notre tour, les relancer dans le jeu confus de l'Histoire. L'Arioste, mais aussi Rabelais, l'Arétin ou Boccace et, logiquement, La Fontaine dont il faudrait relire les *Contes et nouvelles* (« La Courtisane amoureuse » par exemple) avec, en exergue, ces vers de *L'Amour et la Folie* :

Tout est mystère dans l'amour,
Ses flèches, son carquois, son flambeau, son enfance
    [...].

Les merveilleux contes, où le français n'a jamais été aussi flexible, ironique, immédiat...

Quand le mot est bien trouvé,
Le sexe, en sa faveur, à la chose pardonne :
Ce n'est plus elle, c'est elle encore pourtant [...].

C'est dans La Fontaine qu'on apprend comment un chien de Fragonard est peut-être une fée métamorphosée (« Le petit chien qui secoue de l'argent et des pierreries ») :

Il entend tout, il parle, il danse, il fait cent tours ;
Madame en fera ses amours [...].

Comment, aussi, bien entendu, « l'esprit vient aux filles ». Les aventures amoureuses sont des esquisses en action, des moments de peinture, des *avant-tableaux*, comme le disent les lavis de bistre, et les Goncourt ont d'ailleurs bien repéré, à propos des sanguines de Fragonard, cette bizarrerie mouvante, chinoise : « Il semble qu'il ait entre ses mains son crayon rouge sans porte-crayon : il le frotte à plat pour couvrir ses masses ; il le fait sans cesse tourner

entre son pouce et son index en virevoltes
hasardées et inspirées. Il le roule, il le tord,
avec les branches qu'il indique ; il le casse aux
zigzags de ses verdures. De son crayon qu'il ne
taille pas, tout lui est bon. Avec son épointage,
il fait gras, large, appuie sur les parties ressen-
ties ; avec l'aiguisage du frottement, il touche
les finesses, les lignes, la lumière, — tout cela
avec un art fiévreux, enragé, attrapant le caractère du paysage, le faisant copieux, chevelu,
feuillu, croquant, emmêlant la nature aux
balustres et le nuage aux cimes des bois. » Ou
encore, mais il s'agit du passage en surface de
la même commotion qu'on croirait écrit à propos de Van Gogh (il s'agit des portraits-
vitesses) : « À peine s'il jette ses touches ; il
dégrossit à grands coups les visages, les indique
comme avec les plans d'un buste commencé.
Son pinceau étend les couleurs en lanières à la
façon d'un couteau à palette. Sous sa brosse
enfiévrée qui va et vient, les collerettes
bouillonnent et se guindent, les plis serpen-
tent, les manteaux se tordent, les vestes se cam-
brent, les étoffes s'enflent et ronflent en
grands plis matamoresques. Le bleu, le ver-
millon, l'orange coule sur les collets et les
toques ; les fonds, sous les frottis de bitume,
font autour des têtes un encadrement
d'écaille ; et les têtes elles-mêmes jaillissent de

la toile, s'élancent de cette balayure furibonde, de ce gâchis de possédé et d'inspiré. »

> *Nel profondo*
> *cieco mondo*
> *si precipiti la sorte*
> *gia spietata a questo cor [...]*

Voilà ce qu'on chantait, en tout cas, au Théâtre Saint-Ange, à Venise, en 1727, soit cinq ans avant la naissance de Jean-Honoré Fragonard.

Il est temps d'aller au lit. Le personnage principal de Frago, on l'a compris, c'est lui. Pour être à ce point actif au-dehors, pour saisir le nerf intime et permanent des attitudes de la nature et des acteurs de la comédie, il suffit d'un bon lit. Ce n'est pas par hasard si, dans l'*Odyssée*, le fin mot de toute l'histoire, de ce qu'on pourrait appeler le voyage au bout de chez soi, le détail connu du héros seul et qui, seul, peut le faire reconnaître de sa propre femme, est le secret de fabrication d'un lit. Ulysse aux mille tours, spécialiste des nymphes, navigateur du visible et de l'invisible, est un artisan du support horizontal. Une couche en peinture, et voilà la scène. Avec son rideau de draps, trois coups, attention, le décor se dévoile, s'anime, on est de l'autre côté de la nuit. Les lavandières qui, comme dans le *Finnegans Wake* de Joyce, savent tout de tout, chuchotent dans leur dortoir. Que le feu et l'eau se conjuguent, la parole et le débordement rapide des corps... Une chemise brûle ? Mais pourquoi ? Parce que le feu de la verbalisation l'exige. Des pétards ? Des étincelles ? Des poudres ? On ne saurait être plus littéral. Comme quand on dit : des saillies. Elles sont d'ailleurs entre elles, vous ne devriez pas vous trouver là, Frago est déguisé en Amour, il aide à l'exhibition secrète. Jamais on n'a mieux fait sentir le narcissisme féminin, sa sensualité enrobée d'elle-même, l'enfant imaginaire comme déclic du désir profond. Regardez : c'est dans ces conditions de malentendu que l'espèce s'est reproduite depuis des siècles. Frago entre dans le flash primitif, il sait qu'il y est appelé, il a la permission, sa mère l'a couronné, il a toujours été son partenaire préféré. Sade : « Le romancier est l'homme de la Nature... s'il ne devient pas l'amant de sa mère dès que celle-ci l'a mis au monde, qu'il n'écrive jamais. » Ces *putti* qui soulèvent l'espace règnent sur toutes les équivoques, les abandons, les étirements, les bâillements, les soupirs. Elles, elles se laissent aller, elles tombent, le sommeil est un alibi, les roses, les blancs, les gris sont la mélodie de cette demi-veille prélassée, mobile. Écarter un drap, une chemise, vaut pour désigner les mains et les pieds sur le même plan, ouvrir, repousser, courir, s'enlever de soi pour mieux revenir à soi. Le dessin se caresse, la couleur s'aime. La fausse dormeuse a-t-elle fini ? Va-t-elle commencer ? Est-elle, au contraire comme dans *Le Vœu à l'amour*, déjà en rêve liquide, propulsée vers une autre grotte, un autre berceau végétal aux pieds d'un marbre masculin levant le bras vers une autre direction, imposant la bifurcation ? Elle se précipite, elle va le toucher, ou plutôt ricocher sur lui, elle pousse de son bras gauche sa tête renversée, c'est une nageuse arrivant à son *starting-block*, elle n'en peut plus, elle est folle. Fragonard n'est pas assez naïf pour croire que les grands élans féminins se portent sur un homme. Non : c'est elle-même en nébuleuse, ou encore un caniche, un enfant, un dieu, une statue, le pouvoir suprême, qu'une femme peut désirer ainsi, avec cette intensité, ce recueillement de rite. Qu'un homme puisse lui déclencher ça, et il a compris. La voici donc, à la fin de son air principal, à bout de souffle, l'opéra est fait pour en arriver là, en ce point hors jeu de silence. La main sur la pierre : elle se boucle, elle s'évanouit de se rencontrer. Il est contradictoire d'avoir un cœur brûlant et un cœur de marbre ? Allons donc.

Dans l'algèbre et la géométrie de Frago, *La Résistance inutile* apparaît comme la démonstration de sa pensée même, son traité de mécanique ondulatoire, son ellipse du quatrième degré, la présentation de la répétition infinie, son *huit*, son œuf. Étant donné qu'il faut choisir, en général, entre l'utile et l'agréable, qu'est-ce qu'une résistance inutile ? Une résistance agréable. Appelons donc *résistance*, ici, le nœud physique qui permet de chauffer à blanc le tableau, de le mettre en état de bouillonnement continu. Entre les rideaux agités, le matelas renversé, l'oreiller bouffant comme un gros cul de canard, le traversin tordu délectable qui, peut-être, va se détendre d'un moment à l'autre comme un ressort, il est presque impossible, au premier abord, de déceler à qui appartiennent les bras, les bassins, les jambes. À quoi rime cette acrobatie ? Un viol ? Une lutte ? Leur simulacre, plutôt. Un rapport de forces ? Oui, mais sans doute pas celui qu'on croit. La main gauche de la femme au visage plus extasié qu'horrifié éloigne-t-elle ou attire-t-elle par les longs cheveux la tête de son partenaire (un homme ?

c'est vous qui le dites). Lui, si c'est lui, n'est plus qu'une figure, des mains, des jambes (ses propres jambes ont tellement disparu que vous êtes forcé, trois secondes, de lui prêter celles de sa conquête). Elle, crucifiée par la situation, n'en a pas moins ce pied léger du premier plan, ce pied de course et de soutien, de bond et d'accord. Elle prend la mèche de cheveux, il lui saisit le poignet. Le tableau est fait à la force tournante du poignet. Sa main gauche, à lui, est exacte, glissée au point résistant. Un genou, une cuisse font surgir les fesses qu'on ne montre pas, la suggestion poussée à bout est la nervure de l'ensemble, le rendez-vous est gagné sous toutes ses formes, la torsion hystérique est parcourue, libérée, dans le jaune et le blanc glorieux. Jaune et blanc : couleurs vaticanes. Il s'en passe, des choses, dans les *stanze*, depuis Raphaël, Tintoret... Et il ne s'agit pas de Mars ni de Vénus, ni du triomphe du saint sacrement, mais de Mlle X, de M. ou de Mme Y, peu importe. De vous, de moi, de lui, d'elle, d'eux, un jour ou l'autre, au réveil, dans la sieste interrompue, le soir, éclairage de l'acte, violente lumière interne. Deux personnages passant au *frago* en insistant sur la danse préliminaire sont automatiquement des Fragonard, c'est comme ça. Qu'ils n'osent pas le penser ou bien qu'ils ne s'en jugent pas dignes est une autre affaire. Quoi qu'il en soit la *Résistance* a été, une fois pour toutes, jetée comme un défi à la face de la pruderie universelle, elle offense à jamais le mufle puritain obscène fait de rigidité ou de misère grimaçante, hypocrite vertu ou tétanisation organique, répression ou bestialité par manque d'animalité. Ce couple-là est sauvé. *Donc*, il y en aura toujours d'autres.

Frago n'aura pas le sort d'Actéon. Il est même admis à la baignade secrète. Elles sont huit, *Les Baigneuses*, si je compte bien. Quatre à droite et quatre à gauche, cinq apparentes et trois plus ou moins cachées. J'imagine Cézanne rêvant devant cette toile, comme Picasso devant la *Résistance* ou *Le Début du modèle*. Le peintre et son modèle, le peintre et ses baigneuses... La facilité d'accès à la clairière n'est pas en progrès, n'est-ce pas... À moins de s'organiser la rencontre... La « clairière de l'être », ô philosophes, jusqu'à quand vous demanderez-vous si elle peut exister en dehors du boudoir ? Combien d'années à passer encore sur la méditation consternée essayant de comprendre ce qui a pu habiller un moment un penseur radical de la Grèce en uniforme nazi ? Les femmes, cherchez les femmes, rien qu'elles... Toute l'histoire nihiliste s'éclaire uniquement à partir de là, c'est très simple, absolument scientifique. Voilà la *philosophie française* que le monde entier nous envie, les femmes et le vin, gloire et soutien de la comédie humaine. Regardez ces trois pieds... Ces jeux de poings d'heureuses vilaines... Cet arbre venu de nulle part, au milieu des nuages, dont le tronc de chair est un bras levé... Ces deux blanchisseuses dans l'ombre... Cette double croupe d'entrée, tronc de bouc ou déesse, clin d'œil critique à l'étal de l'académique Boucher... Ce ventre blanc dans le ciel... Ce fouillis de grâces... Ce recto-verso qui devrait figurer sur les billets de banque de la République, la république de Fragonard, tel est son nom... La Guimard en action ? Prise « à l'italienne » ? Femmes entre elles, à présent, le sujet le plus difficile, où la nature se fait naturellement peinture... Laissez maintenant reposer votre vision tourbillonnante des *Baigneuses*, quel est l'élément final qui s'avance ? Le *nombril* dans le blanc-nuage de la danseuse centrale à la rose, le point fixe de l'envolée ou de la loterie autour duquel le tableau tourne, le trou qui permet de tenir la palette... Comme l'a dit une fois un auteur léger : nombril pour eux, nombrelles pour elles...

Retour dans les appartements et déséquilibre : *Le Baiser à la dérobée*... Mais nous appro-

chons déjà de la fin de partie, de *l'échec et mat*
de Frago, coup de maître de ce joueur plus
conscient qu'on n'a osé le dire, et je veux
parler, bien sûr, du *Verrou*. D'abord l'entendre, ce tableau interminable : léger cla-
quement dans un silence froissé. Elle était
assise entre les cuisses monumentales et toujours ouvertes du lit, elle est déléguée par la
géante, elle est comme un pétale un instant
échappé de la fleur carnivore matrice. Enlever
une femme à la machine fondamentale, ce
n'est pas tous les jours. Fermez-la ! *Shut up !*
C'est bien cela : notre courageux marin, à
peine débarqué de son vaisseau ou de sa gon-
dole, va réussir à en *fermer une*. La pomme, à
gauche, nous situe le drame, la genèse elle-
même, à l'envers. C'est sanglant, viscéral,
tordu, chenille et papillon, la métamorphose
et l'empoignade du fond des choses. Et en
même temps lumineux, blanc-jaune sorti du
rouge, vitesse calme... Où l'on voit que la clé
intérieure est la résolution de la discordance
d'accord, sol dièse, rapport dans le non-rap-
port. Sur la pointe des pieds, deux bras dans
deux mondes différents, rapt, bout du doigt
qui pousse... Ce tableau devrait s'appeler *Le
Vrai Où*. D'ailleurs, à partir de maintenant,
c'est son titre. Catastrophe et sécurité. Ça
s'agite beaucoup, mais ce n'est rien. La

blonde Sabine de la forêt est parvenue au but,
on l'accouche, elle passe évanouie de l'autre
côté, elle est prise, vous entendez la tige glis-
ser. Quel est le mouvement suivant ? Le passage du mur du son. Dans un moment, la
chambre sera vide, le rideau de sang voilera le
petit théâtre où on vous a montré tout ce
qu'on pouvait vous montrer, la rapide opéra-
tion marionnette. La curiosité n'a pas à aller
plus loin. Dernier trait des *Illuminations* : « La
satisfaction irrépressible des amateurs supé-
rieurs. »

Un jour, en revenant d'une course au
Champ-de-Mars, Fragonard, ayant soif et
chaud (c'était un 22 août), entra dans un café
du Palais-Royal et commanda une glace. Une
congestion cérébrale suivit et l'emporta. Il
avait soixante-quatorze ans.

Pas une ligne sur sa mort dans le *Journal de
l'Empire*.

De 1732, donc, à 1806.

Fête à Rambouillet :
« Sur la lisière d'une forêt, une rivière avec
plusieurs barques, pleines de gens qui s'amusent. »

Ou encore, dans la mise en scène de l'*Orlando* :

« Un jardin délicieux dans lequel on voit deux fontaines, une qui éteint, l'autre qui fait naître l'amour. La mer agitée au loin. »

Vincerà l'amor più forte
con l'aiuta del valor...

Mon cerveau et moi

De temps en temps, mon cerveau me reproche d'avoir tardé à lui obéir ; d'avoir sous-estimé ses possibilités, ses replis, sa mémoire ; de m'être laissé aller à l'obscurcir, à le freiner, à ne pas l'écouter. Il est patient, mon cerveau. Il a l'habitude des lourds corps humains qu'il dirige. Il accepte de faire semblant d'être moins important que le cœur ou le sexe (quelle idée). Sa délicatesse consiste à cacher que tout revient à lui. Il évite de m'humilier en soulignant qu'il en sait beaucoup plus long que moi sur moi-même. Il m'accorde le bénéfice d'un mot d'esprit, et prend sur lui la responsabilité de mes erreurs et de mes oublis. Quel personnage. Quel partenaire. « Sais-tu que tu ne m'emploies que très superficiellement ? » me dit-il parfois, avec le léger soupir de quelqu'un qui aurait quelques millions d'années d'expérience. Je m'endors,

et il veille. Je me tais, et il continue à parler.
Mon cerveau a un livre préféré : l'*Encyclopédie*.
De temps en temps, pour le détendre, je lui
fais lire un roman, un poème. Il apprécie.
Quand nous sortons, je lui fais mes excuses
pour toutes les imbécillités que nous allons
rencontrer. « Je sais, je sais, me répond-il,
garde-moi en réserve. » J'ai un peu honte,
mais c'est la vie. J'écrirai peut-être un jour un
livre sur lui.

Sade, aujourd'hui

Quels nouveaux malheurs frappent Justine, aujourd'hui, en plein Paris, pendant qu'en surface on continue à célébrer, dans la plus parfaite inconscience, les droits de l'homme ? Ceci :

« Une fois arrivée au lieu du rendez-vous, elle a vite découvert ce qu'ils voulaient d'elle. Alignés et nus, les zoulous l'ont obligée à faire une fellation, sous les rires des copains invités à la petite fête. Une autre fois, trois blanches se sont fait kidnapper par des Black Dragoons à la Défense. Pendant soixante-douze heures, elles sont restées enfermées dans un sous-sol, sans eau ni nourriture, à la merci d'une cinquantaine de mecs déchaînés. Ils se sont relayés pendant trois jours. L'une des filles est actuellement soignée dans un hôpital psychiatrique [1]. »

1. *Paris-Match*, 29 novembre 1990.

Ou encore :

« Soudain, le zoulou a ouvert la porte et m'a poussée dans un réduit sombre. Un matelas était posé sur le sol. "Ton mec a violé ma nana. Comme il se cache, c'est toi qui vas payer." J'ai crié, j'ai pleuré, j'ai supplié. Le Black Dragoon ne voulait rien entendre. "Ce n'est pas compliqué : ou tu te laisses faire, ou j'appelle les copains qui attendent en haut. C'est moi ou nous tous. À toi de décider." La perspective de subir les brutalités de toute une bande m'effrayait tellement que je me suis résignée. Aujourd'hui, quand j'y pense, j'en frémis encore[1]. »

Charmant style elliptique ! Violence hypocrite des films ! Vulgarité mécanique de l'industrie pornographique ! Nous le devinons ; tout cela peut aller infiniment plus loin, *en détail*. C'est pourquoi il est temps de réclamer à nouveau, avec la plus extrême énergie (comme l'ont fait, en leur temps, les policiers Restif de La Bretonne et Barras), l'interdiction des écrits du Marquis de Sade. On se souvient de la courageuse prestation d'Élisabeth Badinter, à la télévision, face à un quarteron d'intellectuels balbutiants et irresponsables et d'un descen-

1. *Ibid.*

dant de Sade venant de fonder une marque de champagne sous ce nom. Elle a eu l'audace de lire d'une voix bien timbrée, quoique légèrement émue par l'atrocité du propos, la passion criminelle numéro cent onze des *Cent Vingt Journées de Sodome* : « Il lui arrache les couilles et les lui fait manger sans le lui dire, puis remplace ses testicules par des boules de mercure, de vif-argent et de soufre, qui lui causent des douleurs si violentes qu'il en meurt. Pendant ces douleurs, il l'encule, et les lui augmente en le brûlant partout avec des mèches de soufre, en l'égratignant et en brûlant sur les blessures. »

Comment se retenir de hurler contre de telles horreurs ? Le fait qu'elles puissent être légitimées, récemment, par un éditeur sérieux, dans une collection prestigieuse [1], est un événement qui en dit long sur la crise de notre société. N'existe-t-il donc plus aucune autorité dans ce malheureux pays ? L'archevêché de Paris, si prompt à s'émouvoir du fade film de Scorsese, peut-il feindre d'ignorer qu'on réimprime aujourd'hui, en France, parmi des centaines d'autres, des phrases de ce genre : « Il brise les crucifix, des images de la Vierge et du Père éternel, chie sur les débris et brûle le tout. Le même homme a la manie

---

1. Sade, *Œuvres*, Gallimard, « Bibliothèque de la Pléiade », 1990.

de mener une putain au sermon, et de se faire branler pendant la parole de Dieu » ? Pouvons-nous supporter, dans l'indignation fervente où nous laisse l'*après-Carpentras,* qu'on puisse donner à lire (je cite au hasard) : « Il le cloue par le trou du cul sur un pieu très étroit, et le laisse finir ainsi » ? Si une lâche acceptation générale devait suivre cette publication au grand jour (et avec publicité dans les journaux, s'il vous plaît : « L'enfer sur papier Bible » !), cela ne pourrait signifier qu'une chose : *que tous les crimes seraient désormais permis dans la mesure où personne ne saurait plus ni lire ni écrire.* Après tout, nous en sommes peut-être là. Mais alors, quel effondrement ! Déjà, les pouvoirs publics avaient laissé passer un pamphlet apocryphe de Sade clairement dirigé contre l'esprit intime de la Révolution [1]. Croyez-vous, Français, qu'au moment où un clip bien innocent de Madonna est interdit aux États-Unis, vous n'ayez pas à rougir de votre indifférence ? Pensez-vous qu'une traduction arabe de ces supplices ivres de cruauté voluptueuse, pourrait paraître, sans soulever des émeutes, à Bagdad, Téhéran ou Alger ? Qu'une version en hébreu soit envisa-

---

1. *Sade contre l'Être Suprême,* précédé de *Sade dans le temps,* Gallimard, 1996.

geable et propageable ? Sans parler d'une mise en vente en chinois ? Femmes du monde entier, féministes sincères, n'allez-vous pas enfin vous mobiliser devant ce tableau : « Il veut une femme grosse ; il la fait courber en arrière sur un cylindre qui lui soutient le dos. Sa tête, au-delà du cylindre, va poser en arrière sur une chaise et est fixée là, les cheveux épars ; ses jambes se trouvent dans le plus grand écartement possible, et son gros ventre extraordinairement tendu ; là le con bâille de toute sa force. C'est là et sur le ventre qu'il dirige ses coups, et quand il a vu le sang, il passe de l'autre côté du cylindre et vient décharger sur le visage » ?

Faut-il poursuivre ? N'est-il pas évident que nous sommes ici au-delà même des crimes nazis ? Pourtant, les éditeurs ont l'énorme aplomb d'affirmer : « Sans banalisation ni provocation, Sade a sa place dans la "Bibliothèque de la Pléiade". » Jolie place, en vérité, à côté de la Bible ! Il suffit de citer : « Quinze filles passent trois par trois ; une fouette, une le suce, l'autre chie ; puis celle qui a chié fouette, celle qui a sucé chie, et celle qui a fouetté suce. Il les passe ainsi toutes quinze ; il ne voit rien, il n'entend rien, il est dans l'ivresse. » Ou bien : « Il est entre six filles ; l'une le pique, l'autre le pince, la troisième le brûle, la quatrième le mord, la cinquième l'égratigne et la sixième le fouette : tout cela indistinctement, partout ; il décharge au milieu de tout cela. » Je parle ici gravement, puisque Sade ne se cache pas de se modeler sur le démoniaque lui-même : « Le scélérat se promène dans son caveau aussitôt qu'il y est descendu ; il examine un quart d'heure chaque supplice, en blasphémant comme un damné et en accablant la patiente d'invectives. Quand à la fin il n'en peut plus, et que son foutre, captivé si longtemps, est prêt à s'échapper, il se jette dans un fauteuil d'où il peut observer tous les supplices. Deux des démons l'approchent, montrent leur cul et le branlent, et il perd son foutre en jetant des hurlements qui couvrent totalement ceux des quinze patientes. Cela fait, il sort ; on donne le coup de grâce à celles qui ne sont pas encore mortes, on enterre leurs corps, et tout est dit[1]. »

On peut s'étonner qu'un écrivain aussi sérieux et unanimement respecté que Marguerite Yourcenar (d'ailleurs publiée dans la même collection) n'ait pas su dénoncer le danger épouvantable que représente Sade. Elle écrit en effet, en 1967, à un ami : « Je vous

---

1. *Les Cent Vingt Journées de Sodome.*

confierai que je n'aime pas Sade à qui j'en veux de son manque de réalisme... Rien de moins physiologique que cet homme qui se croit préoccupé de sexualité. On ne flaire pas le sang chez cet auteur sanglant, ni aucune autre odeur d'excrétion ou de sécrétion humaine. » En effet : c'est bien pire.

De deux choses l'une : ou bien ce livre existe, et il est permis, par exemple, d'en lire des passages entiers à la télévision (aux journaux de vingt heures), à la radio (pendant la journée) ; d'en reproduire des pages dans les journaux (à la une) et les magazines (avec illustrations *fidèles*) ; ou bien il n'existe pas.

S'il existe, pourquoi cette tolérance ? S'agit-il de poésie vertigineuse et pure, d'une prémonition surréaliste, comme certains illuminés n'arrêtent pas de le répéter ? D'un document pour médecins ou universitaires, aux mœurs suspectes, se chargeant de l'obscurcir par des explications lénifiantes afin de mieux corrompre l'atmosphère (pensons aux milliers de lycéens confrontés à ces élucubrations) ? Faut-il en déduire, plutôt, *que les mots n'ont plus, désormais, aucune importance* ?

S'il n'existe pas, pourquoi viens-je de le feuilleter ? Serais-je donc actuellement le seul, ici ou ailleurs, à ne pas rêver ?

La folie Saint-Simon

Saint-Simon est une passion : si on la contracte, elle n'en finit plus de grandir. On entend murmurer, ici et là, que l'édition en « Pléiade » serait surchargée de commentaires et de notes. Quel aveu de paresse, d'aphasie, d'ignorance, de désarroi ! L'océan Saint-Simon, c'est vrai, pourrait suffire à des années de promenades et d'études, une foule de diagonales revient avec lui, une énorme population de faits, de gestes, de discours, d'habits. Il faut se jeter à l'eau et nager. Remonter les courants, s'enfoncer, respirer tant qu'on peut à sa mesure. Voici donc le tome huit, et dernier, des *Mémoires*[1], aussi passionnant que les autres, et qui sera suivi (oui, encore !) d'un tome neuf d'œuvres diverses et de correspon-

1. Saint-Simon, *Mémoires*, Gallimard, « Bibliothèque de la Pléiade » ; édition établie par Yves Coirault, 1988.

dance. Plus le temps passe, plus le duc s'impose et semble tirer tout à soi. Bonjour, spectre ! Salut, électricité céleste ! L'histoire à la lumière du Saint-Esprit ? C'était le projet, et il a été tenu jusqu'au bout, rafle, rafale. Ah, l'index des *Mémoires* ! Sept cent vingt-trois pages de noms en situation, un ruissellement de corps avec leurs aventures en tous sens. Le temps retrouvé se lève, à travers le sang bleu, en masse. Proust *rentrant* dans Saint-Simon, voilà le vertige. On n'est pas étonné de trouver les noms de Charlus et de Mortemart, on est stupéfait de ne pas découvrir celui de Guermantes. Encore, encore. Comme dans la Bible, tout est à prendre, le moindre incident est révélateur. 1989 va être enfin la révélation pleine et entière, sous le masque commémoratif, de Louis de Rouvroy, plume à la main, crépitante, crissante. Lève-toi, soleil désiré ! Ruse fine ! Foudre intègre ! Système nerveux ramassé ! Feu de langue ! Tous les livres pour Saint-Simon ! Bien creusé, vieille taupe !

Une image du film ? Voici le duc sur un brigantin, à Bordeaux, en 1721. Vous avez oublié, bien entendu, qu'un brigantin est un bateau à deux mâts avec un seul pont. Vous voilà sans cesse devant des mots simples, et enfouis, fraîcheur soudaine : « La vue du port et de la ville me surprit, avec plus de trois cents bâtiments de toutes nations rangés sur deux lignes sur mon passage, avec toute leur parure, avec grand bruit de leurs canons et de celui du Château-Trompette. On connaît trop Bordeaux pour que je m'arrête à décrire ce spectacle ; je dirai seulement qu'après le port de Constantinople la vue de celui-ci est en ce genre ce qu'on peut admirer de plus beau. »

Stendhal, lui, penchait pour une comparaison avec Venise. Peu importe, c'est la phrase qui commande aux paysages, aux décors. Vous pouvez vous attarder avec le duc en Espagne, mais vous êtes pressés, je vous comprends, de revenir à Versailles, de rentrer la nuit par la petite cour de la Reine, de vivre en direct les intrigues du Régent, du cardinal Dubois, les péripéties du sacre de Louis XV ; vous êtes curieux de savoir ce que Saint-Simon a « vu et manié ». Poètes flous, disparaissez ! Rousseauistes de toutes natures, mélancoliques persuadés de la supériorité de vos états d'âme sur la vision précise de l'enfer aux vanités, passez votre chemin ! Laissez-nous en tête à tête avec le frémissement vrai des affaires, la description du néant. Notre romancier est là (le plus grand, avec Sade, Chateaubriand, Proust et Céline). La mémoire est le seul roman. Plus elle est grande, aiguë, immédiate, complexe, plus elle rend les autres écrits inutiles, partiels, étriqués. Saint-Simon est une apocalypse d'acier, une machine infernale. Il a décidé un déluge. Tout va à la décadence, à la confusion, au chaos? Déjà? Depuis toujours? La révélation qu'on en fait va provoquer une «convulsion générale»? Le comble : il va s'excuser, pour finir, de son style. Lui! «Je ne fus jamais un sujet académique; je n'ai pu me défaire d'écrire rapidement.» Quelle arrogance! Quelle insolence! Quelqu'un me dit : «On comprend, à le lire, que la guillotine ait surgi.» Eh oui : trop de vérité, trop de matière emportée, trop de courant, coupez-moi ça, du calme. Il nous *noierait*, l'animal! Sa stratégie? Le tourbillon, la cataracte, et : «Faire surnager à tout la vérité la plus pure.» Mais qui a envie de «surnager» dans ces conditions?

Saint-Simon, ou l'écriture de la légitimité radicale, Personne n'a été, et ne sera, sûr de son identité comme lui. C'est un mystère complet. Il faudra peut-être encore un siècle pour le comprendre. Au fond, comme Voltaire (ils sont très proches, et je sais que j'offusque la mémoire du duc en disant cela du fils du notaire de son père), il a la certitude d'avoir vécu quelque chose d'unique, un point du temps hors du temps. Les Grecs, la déchirure

biblique, la Renaissance, le siècle de Louis XIV,
les Lumières — et puis quoi ? Tunnel. Dire que
la plupart croient connaître Machiavel et igno-
rent le duc dix fois plus serré sur le constat de
dissimulation et le faux incessant en tous
genres. Les Rohan, voyez. Ils mentent à tel
point qu'on peut « douter avec raison s'ils ont
soif à table quand ils demandent à boire ». Les
rapports mère-fille (une des clés de la comédie) ? « Devenue grande elle plut ; et à mesure
qu'elle plut, elle déplut à sa mère. » Vous glis-
sez votre main dans la malle Saint-Simon, vous
en tirez des pierreries à foison. Perles d'observation compactes, facettes implacables. « Ces
gens-là, et malheureusement bien d'autres,
comptent l'utile pour tout et l'honneur pour
rien. » C'est bien ce que vous avez remarqué
aujourd'hui même ? Ainsi que « le goût d'énerver
tout » ? Il s'agit toujours de la même Odyssée ?
« Il me faisait la grâce du Cyclope : en attendant
ce que les conjonctures lui pouvaient offrir, il
me réservait à me manger le dernier. » Traité
de la marionnette humaine : « Je le sondai
néanmoins ; je représentai ; je prouvai inutile-
ment : je ne trouvai que de l'embarras, du bal-
butiement et un parti pris. »

Le duc a toujours raison, il avoue quelques
erreurs de crédulité, jamais de principes. Il est

« vérifié », et non à brevet. Vérifié par la naissance ? Allons donc. Par la seule force de sa
parole. On a l'impression qu'il ne dort jamais,
ne rêve pas ; qu'il voit d'emblée à travers les
crânes, les tiroirs, les couloirs ; qu'il anticipe
en se servant du passé ; qu'il a, une fois pour
toutes, son passeport par-delà la mort. Il les
regarde vivre et s'agiter, les autres, lâcher la
proie pour l'ombre, se gorger de décomposi-
tions successives jusqu'au flop final. Dans les
Mémoires, allez droit aux récits des morts : ils
sont inoubliables. Les places sont truquées
dans la vie ? On falsifie les cérémonies, les
droits, les hiérarchies ? Eh bien, il y aura un
secrétariat strict du dernier soupir : cabinet
médical, papiers, autopsies. Il faut imaginer le
duc, vers 1749, à la fin de son ratissage géant.
Il pose sa plume, il a fait ses comptes, il a
enterré tout le monde, il souffle sa bougie, il
consent à se mettre au lit. Après lui, la nuit.
Devant ses yeux fermés, l'éternité des liasses.
Impossible de regarder sur la page ses pattes
de mouche sans stupeur (encore une fois, où
Proust ou Céline auraient-ils pris leur conviction héroïque — paperolles et pinces à
linge — sinon chez ce procureur des siècles ?).
Il y aura les bons morts et les mauvais, voilà
tout (scènes finales de la *Recherche*, début de
D'un château l'autre). Le père d'Aubenton,

jésuite : « Il fut enterré en grande pompe et fort peu regretté. » Bal des vampires, cadrez, percutez. Un des danseurs vous attaque ? « Je pris la chose comme l'égratignure au sang d'un mauvais chat. » Vous êtes systématiquement méconnu ? « La vérité perce d'elle-même malgré tout l'art et l'assiduité des mensonges et de la plus atroce calomnie. » Notez le mot *assiduité*. Il fallait le trouver. Saint-Simon ne cherche pas, il trouve. Exemple de jugement définitif ? « Sa tête était incapable de contenir plus d'une affaire à la fois. »

Est-il seul, Saint-Simon ? Y a-t-il un génie de l'époque ? Le français, une fois, s'est-il parlé de lui-même à la perfection avant de s'alourdir en bouillie et banalité ? C'est une possibilité très sérieuse. Qui ne se souvient de cette attaque : « Mme de Castries était un quart de femme, une espèce de biscuit manqué »... Mais prenons la marquise de Prie, la « jument de prix », maîtresse de M. Le Duc (c'est son nom, rien à voir avec Saint-Simon). Journal de Mathieu Marais : « C'était une femme aimable de sa figure, spirituelle, intrigante, avare et très libertine. » *Mémoires secrets* de Duclos : « Elle cachait, sous un voile de naïveté, la fausseté la plus dangereuse : sans la moindre idée de vertu, qui était à son égard un mot vide de

sens, elle était simple dans le vice, violente
sous main de douceur, libertine par tempéra-
ment. » Pas mal, n'est-ce pas ? (et voilà pour la
nécessité des notes en fin de volume). Scène
enchantée : les personnages *sont* ce qu'on
peut dire d'eux. Comment ne pas rêver trente
secondes sur ce «violente sous main de douceur», ce «simple dans le vice » ? Les expres-
sions sont venues d'elles-mêmes, le style se
donne ses corps. On a, ou on n'a pas, des
affaires physiques, des «galanteries», et celles-
ci ont, ou n'ont pas, une influence sur les
affaires tout court. Saint-Simon ne s'occupe
que des premières : «Une passion qui en
moins de rien devint effrénée et qui dura toujours sans néanmoins empêcher les passades
et les goûts de traverse. »

Saint-Simon a-t-il aimé quelqu'un ? Sa
femme. Son rang. Et Philippe d'Orléans,
d'une façon admirablement implicite. À
l'égard du Régent que de tendresse sous les
critiques («des riens devenaient des hydres»),
quelle émotion à peine contenue, que d'efforts
de persuasion. Vis-à-vis d'un tel débauché
impie, aux soirées scandaleuses, le duc, d'habitude si moral, est pris d'une admiration
paradoxale. Il craint de raconter son apo-
plexie ; il se décrit, à l'annonce de la chute de

son vieux complice, dans une agitation extrême («je pétille après ma voiture, je me jette dedans») ; il parle bientôt de «génie supérieur», de «discernement exquis», de «savante aisance à répondre sur-le-champ à tout, quand il le voulait». On dirait qu'il s'incline devant son double dissolu, athée — reconnaissant en lui une même subtilité naturelle. D'un trait, voilà, il pardonne tout — et Dieu sait.

Apologie
de la marquise de Merteuil

Peut-être Laclos ne serait-il pas autrement surpris de voir ses *Liaisons* représentées au cinéma en anglais, et de déchiffrer sur les lèvres de la marquise de Merteuil glissée dans la belle, bleue, intelligente et un peu massive Glenn Close le mot *war* (entendez *ouarr*!) adressé à Valmont. On s'en souvient : il s'agit de la lettre 153. La marquise renvoie son ultimatum au vicomte avec cette seule annotation : *Hé bien! la guerre*. Tout le livre est composé pour en arriver à ce *Hé bien* joyeux, mortel et intraduisible. «Livre essentiellement français», écrivait Baudelaire en 1856 (tiens, l'année de la naissance de Freud). Et encore : «Les livres libertins commentent donc et expliquent la Révolution.» Il serait énorme que le Bicentenaire de la Révolution française se cristallise dans cette résurrection sur grand écran de Laclos, et que l'étranger s'en occupe mieux que nous-mêmes.

On a beaucoup réfléchi sur *Les Liaisons dangereuses*, mais la plupart du temps avec gêne. Malraux, en 1939, semble vouloir dire qu'avec la Seconde Guerre mondiale, imminente, un monde s'achève, comme à la fin du dix-huitième siècle. Il souligne la grande nouveauté technique du livre, le fait que, pour la première fois, des personnages de fiction agissent en fonction de ce qu'ils pensent, d'où l'« érotisation de la volonté » qui les définit. Il a ce mot étonnant : « Le problème de Laclos reste entier, aussi intrigant peut-être que celui de Rimbaud. » Le poète visionnaire devenu un marchand consciencieux et soucieux d'économies en vue du mariage (Rimbaud), et le stratège littéraire de génie transformé en général conjugal rousseauiste (Laclos), voilà en effet de quoi nourrir une curiosité inlassable. Je m'en tiendrai à l'apologie du diable secret qui, s'il était compris, nous épargnerait sans doute bien des déchaînements diaboliques : la marquise de Merteuil. J'ai pour elle, je l'avoue, une passion fanatique. « Personnage féminin le plus volontaire de la littérature », dit Malraux, en remarquant, le premier, sa ressemblance quasiment mystique avec Loyola. Oui, les *Liaisons* sont des exercices spirituels, dans tous les sens de ce mot.

Baudelaire, encore : « La niaiserie a pris la place de l'esprit... Ordure et jérémiades. George Sand inférieure à de Sade. » La marquise ? Voici son style : « Si vous n'avez pas cette femme, les autres rougiront de vous avoir eu. » Laclos est un expert en balistique ; il a inventé, à son époque, le *boulet creux.* Chacune de ses phrases a une courbe et une chute précises : elle vibre et explose en fins éclats pénétrants. Voilà une littérature conçue pour faire le plus de dégâts possibles. Qui dira que nous n'en avons pas besoin ?

La gêne que provoquent les *Liaisons* ? Elle se manifeste dans le désir d'*éviter* la Merteuil, de tout ramener à la Présidente de Tourvel. On oblige le livre à se conformer à la phase romantique qui a suivi. On gomme autant que possible la parodie et le blasphème qu'il accomplit froidement par rapport au sentiment racinien et à l'effusion de *La Nouvelle Héloïse. Il faut* que l'interprétation aboutisse le plus vite possible aux états d'âme et à l'oppression d'Emma Bovary, à ses tourments comme à ses vapeurs. « La marquise de Merteuil, c'est moi », aurait pu dire Laclos. Mais ici et maintenant, avec nos exploits de destructions scientifiques, ne sommes-nous pas plus que jamais au dix-neuvième siècle ? En dépit de Proust, Sainte-Beuve règne toujours, lui qui, préférant les *Mémoires* de Mme d'Épinay, rangeait Laclos dans la race « exécrable », d'un « orgueil infernal » de ceux qui salissent l'amour. Merteuil, c'est le mauvais œil, la mauvaise mère effrayante, la Méduse que personne ne peut souffrir (qu'elle soit défigurée et borgne, à la fin de l'aventure, est comme l'emblème de cette impossibilité de la regarder en face). Nous prenons pour argent comptant la conclusion « morale » de ce livre scandaleux et éblouissant, au lieu de comprendre en quoi elle n'est là que pour déjouer la censure. Les lettres de Laclos à Mme Riccoboni sont, de ce point de vue, un comble d'habileté et d'ironie. En vérité, ce roman est là pour démontrer à quel point tous les autres sont ennuyeux, inutiles. La raison en est simple : leur incapacité à trouver l'équivalence entre *dire* et *faire*. Les *Liaisons* sont une multitude de romans en un seul ; on devrait en tirer non pas trois ou quatre films, mais cent. Le guet-apens, par exemple (l'histoire de Prévan), se suffit à lui-même. Une série télévisée pourrait s'appeler : découverte de l'hystérie. On y verrait avec quelle minutie Laclos décrit les symptômes de la Présidente (la « Céleste Prude »), ses alternances touchantes et comiques de convulsions et de prostrations. La séquence du *pupitre* (ou comment écrire une lettre *sur le vif*) devrait être remise en scène à intervalles réguliers. Bref, il faudrait s'attarder partout, moduler les différentes *gaietés* (la marquise : « Il y a plus de six semaines que je ne me suis pas permis une gaieté »), les *bizarreries* (Valmont : « Il n'y a plus que les choses bizarres qui me plaisent »). Un film entier sur le thème de *la petite maison* serait un enchantement. Un autre nous expliquerait ce qu'est un « catéchisme de débauche » ou une « gazette de médisance ». Un autre encore nous montrerait l'art de la marquise voulant se débarrasser de Belleroche, à la campagne, en le surchargeant d'attentions pour le dégoûter. Un autre enfin nous ferait le portrait systématique des « espèces », des jeunes filles « machines à plaisir », des « facteurs », des « commissionnaires », des « manœuvres d'amour ». Le rebondissement permanent et calculateur de la fiction serait enfin traité et amplifié dans sa trame. Cent soixante-quinze lettres, du 3 août au 14 janvier, du plein été au plein hiver 17** : jamais le chiffre 17 n'aura eu une telle puissance mythique. Laclos au Panthéon, comme son ami Monge, autre spécialiste de géométrie descriptive ? Pour le Tricentenaire, espérons.

Le sexe, le cœur, l'esprit : de cette trinité discordante, la marquise est la seule à tenir jusqu'au bout le nœud. Les autres s'empêtrent dans leurs sensations, même Valmont, et c'est la raison de sa chute. Devenu faible, il veut faire le fort et, au lieu de plaire, s'imposer : il en meurt. La marquise, elle, ne meurt pas, elle s'abîme, pendant que son défi résonne indéfiniment en retrait : « Je suis mon ouvrage. » Elle emporte dans la nuit, pour longtemps, son secret *médical* : « L'amour est, comme la médecine, l'art d'aider la nature. » Ce grand livre de vérité, où l'on voit le mensonge s'expérimenter en et par lui-même, nous apprend qu'il n'y a d'aveuglement et de reniement de soi que par rapport au plaisir. Une femme unique ose dire qu'elle est tout un sérail à elle seule ; elle va jusqu'à nous léguer la précieuse formule chimique obtenue dans son laboratoire : « Ce délire de la volupté où le plaisir s'épure par son excès. » Laclos, plus tard, dira qu'il envisage d'écrire une suite « heureuse » des *Liaisons*. Mais il devait savoir que, pour y parvenir, il lui aurait fallu adopter sans discussion le système de la Merteuil. Or un tel aveu, très vite, il ne peut plus le faire à personne : ni au duc d'Orléans, ni aux Jacobins, ni au Premier consul en train de devenir Empereur, ni, bien entendu, à sa femme. La porte de lumière s'est refermée. Comme elle est forte, pourtant, la fameuse confidence de

Londres, en 1790 : «J'étais en garnison à l'île
de Ré... Je résolus de faire un ouvrage qui sor-
tît de la route ordinaire, qui fît du bruit, et qui
retentît encore sur la terre quand j'y aurai
passé.» Sommes-nous toujours sur la même
terre? Sans doute, à moins que nous ne
sachions plus ouvrir cette Bible, à jamais
incompatible avec l'autre, et, simplement, la
lire pour la pratiquer.

L'Europe de l'esprit

Pourquoi les Français sont-ils le plus souvent indifférents à l'Europe ou traumatisés
par elle ? C'est qu'à droite comme à gauche
on ne leur dit presque jamais rien de leur
propre histoire, quand l'Europe était bel et
bien française, unifiée dans cette langue qui
se confondait alors avec la liberté de vivre
comme de penser. Quand donc cessera-t-on
d'être suspect chaque fois qu'on parle du dix-
huitième siècle ? Pour quelle raison vaut-il
mieux être anglais pour le faire ? Combien de
temps encore nous faudra-t-il ruminer la
haine du fascisme pour les Lumières ou le sort
tragique que le stalinisme a jeté sur elles ?
L'Europe, dites-vous ? Oui, mais laquelle ?
Celle du lait, du mouton, du racisme ordinaire, des guerres interethniques, de l'électronique, des satellites ? Sans doute, mais

vécue par qui ? Réfléchie comment ? Avec
quels mots ?

Prenez Charles-Joseph de Ligne (1735-
1814) : qui le connaît ? qui le lit ? Quoi ? Un
Belge ? Un prince ? Un maréchal autrichien ?
Un courtisan d'influence à la fois stratège
militaire et diplomate en tous sens ? Un
débauché, un philosophe ami de Voltaire, un
artificier des conversations à Versailles, à
Vienne, à Moscou ? Un acteur essentiel des
coulisses ? Un ami intime de Casanova ? Et, en
plus, un grand écrivain français ? Non, c'est
trop, arrêtez, la scolarité n'y trouve pas son
compte, l'université a la migraine. Trop de tra-
versées de frontières, trop de codes secrets,
trop de bals, de fêtes, de concerts, d'absence
de préjugés, de chevaux, d'uniformes, de
femmes ; *trop de relativité*. Qui aimeriez-vous
être ? demande-t-on, un jour, à Ligne. Réponse : « Une jolie femme jusqu'à trente ans,
un général fort heureux et fort habile jusqu'à
soixante, un cardinal jusqu'à quatre-vingts. »
Voilà en effet ce que peut concevoir sans
efforts quelqu'un qui a été élevé de la manière
suivante : « Il me semble que j'ai été amoureux
de ma nourrice et que ma gouvernante a été
amoureuse de moi, Mlle Ducoron, c'était son
nom, me faisait coucher toujours avec elle, me

promenait sur toute sa grosse personne et me faisait danser tout nu. »

Ligne (quel nom !), tout en jouissant de son château de Belœil, saute d'un royaume à l'autre et semble séduire tout le monde. Mme de Staël, son futur éditeur, dit de lui : « Il a passé par tous les intérêts de ce monde et s'entend singulièrement à bien vivre. » Catherine de Russie trouve qu'« il pense profondément et fait des folies comme un enfant ». Joseph II s'amuse avec lui. Pour Goethe, il aura été « l'homme le plus joyeux de son siècle ». Il est de tous les instants de Trianon, flirte avec Marie-Antoinette (« Elle faisait la Reine sans s'en douter, on l'adorait sans songer à l'aimer »), devient vite l'amant de Mme du Barry, pense que Mme de Pompadour déraisonne (« elle me dit cent mille balivernes politico-ministérielles et politico-militaires »). De sa fréquentation des souverains, il tire la conviction définitive que l'Histoire n'a pas d'autre sens que l'intérêt particulier, l'orgueil, l'ambition, la vengeance. Maréchal du Saint-Empire, il diagnostique vite l'ennemi principal : la Prusse. Libre-penseur, il n'en restera pas moins catholique pour des raisons politiques (contre la raison qui tourne au fanatisme et à la folie). Son biographe anglais [1] ne sait plus, à la longue, par quel bout le prendre et a des formules de puritanisme réjouissant : « Les visites du prince de Ligne à Paris se déroulaient dans un ouragan de sexe. » Ouragan ? Mais non, tout est souple, mélodique, aisé, ponctuel. On agit comme on pense, à l'improviste, et ce n'est pas un hasard si les maximes et pensées de Ligne ont pour titre : « Mes écarts, ou ma tête en liberté ». D'où le charme de son écriture et de ses *Mémoires* [2] : on ne développe pas, on attaque, on lance sa cavalerie par fragments, le réel est un miroir à facettes. Ligne, en somme, est cubiste, ses collages d'anecdotes sont nervurés à vif. « Je crois en tout, dit-il, surtout en ce qui m'est interdit. » Entre deux chevauchées, deux missions, il écrit ce qu'il appelle ses « livres rouges ». La vie est un rondeau vite bouclé, il faut savoir l'entendre et le danser sans manquer à sa morale personnelle : « J'ai fait attendre des empereurs et des impératrices, mais jamais un soldat. » Ou encore : « Je n'ai jamais fait de mal à personne. Si cela était, on m'aurait fait plus de bien. »

1. Philip Mansel, *Charles-Joseph de Ligne, le charmeur de l'Europe*, Stock, 1992.
2. Prince de Ligne, *Mémoires, Lettres et Pensées*, François Bourin, 1989 ; édition dirigée par Alexis Payne, préface de Chantal Thomas.

L'Europe se décompose et se recompose
sous ses yeux? Il écrit, il sait que la vérité est
là : « C'est une bonne soirée, car j'écris dans
mon petit pavillon de verre où la lune jette
aussi ses rayons sur mon papier. » À propos, il
est aussi marié, son fils Charles, qu'il aime,
sera tué au combat. Mais il est heureux avec
sa fille Christine, qu'il appelle Christ, et à qui
il parle, de temps en temps, de ses maîtresses.
Quand il repense à son existence passée, il se
revoit ainsi : « Jeune, extravagant, magnifique,
ayant toutes les fantaisies possibles... » Nous le
croyons volontiers. Sa ressemblance avec Ves-
tris, le grand danseur italien de l'époque,
semble avérée. Il a été — et voilà une recom-
mandation suffisante dans les siècles des siècles — le premier lecteur des *Mémoires* de
Casanova (encore un auteur français). Casanova se demande s'il ne doit pas couper son
récit? Ligne lui écrit le 17 décembre 1794 :
« Vous vous êtes si bien trouvé de n'être pas
châtré, pourquoi voulez-vous que vos ouvrages
le soient? Laissez l'Histoire de votre vie telle
qu'elle est. » Sage conseil. De son côté, il note,
à propos de ses aventures à Paris : « Quelle
charmante société que celle des *Brochettes* !
On appelait ainsi sept ou huit des plus
aimables femmes qui ne se quittaient pas. »
Inutile de préciser que, comme Casanova, il

n'aura pas de mots assez durs pour la Terreur
et sa conséquence : Napoléon (Ligne l'admire
pour son génie militaire, mais le surnomme
Satan Iᵉʳ). Son amie Juliana de Krudener, inspiratrice de la Sainte-Alliance, veut le conver-
tir au protestantisme ? Non, « le catholicisme
est la seule religion aristocratique ». Même
défiance à l'égard de Mme de Staël : « Son
christianisme donne envie d'être païen, sa
mysticité fait préférer la sécheresse, et son
amour du merveilleux donne le goût de tout
ce qu'il y a de plus simple et de plus vulgaire. »
Staël, elle, trouve qu'il ressemble à son père,
Necker : « Il remue des cordes de mon âme
que je ne puis m'avouer et dont il ne se doute
pas. »

Le 13 décembre 1814, à 10 h 30 du matin
(en plein Congrès de Vienne dont il est, avec
Metternich et Talleyrand, la vedette), Ligne
s'éteint. Il avait dit qu'il voulait ne pas mourir,
« nous verrons si cela réussira ». Un témoin
raconte qu'à la fin il se mit à chanter, puis
dit : « C'est fait. » Ce furent ses derniers mots.
Il eut droit, selon son rang et son grade, à un
cheval caparaçonné de noir derrière son cer-
cueil. Les officiers qui défilèrent derrière
ce qui restait de lui, et cela se passe de commentaire, venaient des armées autrichiennes,

russes, françaises, anglaises, prussiennes et bavaroises. Un autre drame européen, dont nous sortons à peine (mais qui en est sûr?), allait commencer.

Mozart devient Mozart

Suivez cette décoration de l'Éperon d'Or, donnée par Clément XIV à Mozart, c'est son talisman, son signe de différence qui va le protéger maintenant à travers ses voyages[1]. Nous allons vers Paris. Papa reste à la maison, c'est avec Maman qu'on s'embarque ; Papa vient tout de suite après Dieu, Maman en mourra. Mais réglons tout de suite la fameuse question scatologique : les Mozart, c'est ainsi (et ils ne devaient pas être les seuls), ressentaient leur intimité de famille à travers l'intestin et ses suites. Tout cela est pieux, sincère, prudent, innocent. Démonstration que la famille est avant tout fondée sur de la merde en toute bonne foi produite en commun ? Soit. C'est Maman qui écrit à Papa : « Pète au lit, et que

1. W. A. Mozart, *Correspondance II* (1777-1778), Flammarion, 1987.

ça craque. » Gentille Autriche. Agréable Allemagne. Wolfgang Amadeus, lui, qui aime
signer Amadé ou Trazom (Mozart à l'envers),
est donc appelé par ses parents mêmes au respect de Dieu ainsi que de la crotte et du cul.
Ce n'est pas lui qui invente ce code pour sa
petite cousine : c'est *à travers* ces clichés qu'il
doit essayer de se faire entendre (notons au
passage que si Maman s'appelle Anna Maria,
la petite cousine, Maria Anna, en est le verso
rêvé). « Je dois maintenant aller aux cabinets
où je vais peut-être faire une crotte. » Vingt et
un ans, et écrire encore ça ! Quels enfants, ces
braves gens ! Comme tout est en ordre ! Léo-
pold, l'avisé, à la barre sociologique (discret
sur la crotte, lui), Wolfgang à Augsbourg et
Mannheim, jouant ici et là... « Tout à coup,
j'ai improvisé une magnifique sonate en *ut*
majeur — avec un rondeau final. » C'est aussi
simple que d'aller aux chiottes. Non, la vie
n'est pas si dure. Dieu nous aime, et papa
aussi. Leopold : « Du fait de ton âge et de
ton apparence, personne ne peut se douter
du don divin incroyable qu'est ton talent. »

La petite cousine, dans cette atmosphère
d'amour aux cabinets un peu étouffante, sert
de respiration imaginaire. Papa, Maman et la

sœur, bien. La défécation en commun, très bien. Mais, tout de même, quelle répétition affectueusement fastidieuse ! Quand Mozart, le 13 novembre 1777, écrit à Maria Anna : « Ma très chère Nièce ! Cousine ! Fille ! Mère, Sœur et Épouse ! », nous le comprenons. D'autant qu'un peu avant, il lui a demandé de s'habiller « à la française », ce qui, note-t-il, la rend « *5 per cento* plus jolie ». Il insiste : « J'espère que mon portrait sera comme je l'ai demandé, c'est-à-dire en costume français. » Et, toujours en français : « Je vous baise vos mains, votre visage, vos genoux, et votre — enfin tout ce que vous me permettez de baiser. » Remarquons la gradation insidieuse : on commence en famille par des histoires à chier et, peu à peu, on s'élance dans le décousu, le non-sens, la sonorité des mots, les transitions qui n'ont rien à voir, bref, vers *tout autre chose*. Croire en Dieu, parfait, aller à la crotte et réussir scrupuleusement dans la vie, voilà, mais il y a une autre dimension, que diable ! « Avant de vous écrire, il faut que j'aille aux cabinets. — Voilà, c'est fait ! Ah ! Je me sens de nouveau le cœur léger ! » Il s'ensuit que, maintenant, on peut écrire pour écrire et non pas pour donner des informations. Pourquoi ? Parce que « le bonheur consiste uniquement dans l'idée qu'on s'en fait ». Mot typique de compositeur. Fron-

cement de sourcils de Leopold : « Dieu passe
avant tout ! » Oui, oui, sans doute. Mais Dieu
n'a jamais dit avec précision le genre de
musique qu'il aimait. Ou plutôt, il n'a pas
interdit d'être rapidement inspiré : « Le
concerto, je me le réserve pour Paris. Là, je le
gribouille d'un coup. » Tout le monde s'aime,
chacun joue son rôle, mais l'oreille de Dieu
reconnaîtra les siens. Est-ce que Wolfgang
s'est confessé ? demande Leopold. Mais oui.
Dieu, d'ailleurs, est surtout compatissant et
miséricordieux, c'est le fils qui tient à le sou-
ligner. Il arrange tout, Dieu. Et Leopold :
« Sois prudent etc. » Classique.

Et voici la chanteuse Aloisia Weber. Papa :
« Ah, les femmes ! » Eh oui, c'est ainsi. Les
lettres de Wolfgang à la petite cousine s'espa-
cent. Et c'est celle du 28 février 1778, un chef-
d'œuvre, avec l'histoire à dormir debout des
onze mille moutons traversant un pont, vraiment n'importe quoi, ça bouillonne. Je cite :
« Je suis, j'étais, je serais, j'ai été, j'avais été,
j'aurais été, oh si j'étais, oh que je sois, plût à
Dieu que je fusse, je serais, je serai, si je pouvais être, oh que je fusse, j'eusse été, j'aurai
été, oh si j'avais été, oh que j'eusse été, plût à
Dieu que j'eusse été, qui ? » Réponse : un con
(*stock-fisch* : morue). C'est ce qui s'appelle

faire le tour de la question, ou se dégager divi-
nement en musique. Les commentateurs se
cassent encore la tête pour savoir ce que veut
dire *spunicunifait* : « Avez-vous encore le spunicunifait ? » Faut-il vraiment traduire ? Non.
On sera attentif, en revanche, au fait qu'en
quittant Mannheim pour Paris, Wolfgang
Amadeus Mozart reçoit comme cadeau la traduction allemande des comédies de Molière.
Les a-t-il lues ? Je dis oui. Entre-temps, il aura
encore beaucoup joué, attendu, fait des visites, rejoué, discuté, donné des leçons, et écrit
ses lettres à Papa pour lui raconter tout ça
(aptitude immédiate au récit animé, aux dialogues).

Nous voici à Paris. Heureusement qu'il y a
Grimm et Mme d'Épinay. Mais c'est quand
même la déception. « Les Français sont loin
d'avoir autant de politesse qu'il y a quinze ans.
Ils sont désormais bien près de la grossièreté
et affreusement orgueilleux. » Ils sont « inca-
pables, et doivent toujours avoir recours à des
étrangers ». On le trouve étonnant, ce Mozart,
mais sa carrière traîne un peu : « J'ai ici et là
des ennemis. Mais où ne les ai-je pas eus ?
C'est toutefois bon signe. » Musicalement les
Français sont nuls, dit-il, la langue est affreuse,
les chanteurs braillent sans aucune nuance,

« pour ce qui est de la Musique, je suis entouré de bêtes et d'animaux ». Charmant. Mais, entre nous... « Faites que je revoie bientôt l'Italie afin que je puisse revivre. » Maman, à Paris, est triste, seule, l'appartement est sordide, la nourriture exécrable. Finalement, elle préfère mourir. Leopold, depuis Salzbourg, la pressait déjà pour qu'elle se fasse saigner. « Peut-être l'a-t-on trop peu saignée ? » dira-t-il, à la Molière. On va pleurer beaucoup et se consoler vite, grâce à Dieu. « Disons un fervent Notre-Père — et tournons-nous vers d'autres pensées, chaque chose en son temps », écrit ce bon catholique de Wolfgang qui, décidément, n'est pas du genre mélancolique. Célèbre lettre du 3 juillet 1778. Sa mère vient de mourir, et voici ce qu'il dit : « J'ai dû écrire une symphonie (*ré* majeur K 297 — la Parisienne). Elle a été interprétée le jour de la Fête-Dieu et applaudie unanimement... Après la symphonie, je me suis rendu tout joyeux au Palais-Royal — j'ai pris une bonne glace — ai dit le chapelet que j'avais promis — et suis rentré à la maison. »

Attention, rassurons Papa : on rentre à la maison parce qu'on est un bon Allemand et un bon chrétien. D'ailleurs, étrange coïncidence : « Voltaire, ce mécréant et fieffé coquin, est crevé, pour ainsi dire comme un chien — comme une bête... Voilà sa récompense ! »

Décidément, ce concert était très réussi.

Maman est morte, et Voltaire aussi. Dieu reçoit la première entre ses mains et punit le second. Les glaces du Palais-Royal sont excellentes. Finalement, Paris... Leopold s'incline. « Plus tard, lorsque je serai mort, tu m'aimeras de plus en plus. » Dieu aide Wolfgang : « Par une grâce particulière de Dieu, j'ai pu tout supporter avec fermeté et calme. » La famille est dissoute. Personne ne parlera plus de cabinets. Symphonie parisienne ? Dieu a abattu ses cartes. Le grand Mozart commence.

Le lieu et la formule

Haydn est le musicien qui ne cesse de revenir dans ma vie.

En quatuors, en sonates.

Après avoir réécouté tous les grands préférés — Gesualdo, Purcell, Monteverdi, Scarlatti, Vivaldi, Bach, Haendel, Mozart —, c'est lui, de nouveau, qui fait signe au moment du plus grand silence. Il reste dans son secret, *non omnis moriar.*

Je pense à un monde reconstruit selon lui, redressement harmonique : par-delà le bien et le mal, la mort et son faux dieu, selon la série trouvée des substances et des densités. Mercure, billes. On le touche à peine, il répond, il tourbillonne en cascade — saut, arrêt, saut, intermittence —, il s'éclipse, glisse, roule, troue, repart. Phrases où il n'y aurait que des verbes. Haydn est un jazz de durée, sans dépression, sans espoir. Armstrong l'a écouté ?

Miles Davis ? Et Charlie Parker, Billie Holiday, Count Basie, Monk ? On décide de l'imaginer. La plus grande variété rythmique : museau, doigts, éclaircies, fourrés, pluie d'acier.

Il n'y aura jamais de commémoration romantisée de Joseph Haydn, que Mozart, ce Christ, appelait« papa ». Une messe catholique pour célébrer Trafalgar comme victoire ? Oh oui ! Qu'on en finisse une bonne fois avec la Terreur et Napoléon ! C'est la *Nelson*, soprano surexcitée, coups de canons, cordages, boulets rouges, paquets de mer, fouet du joyeux message. Encore Londres : c'est Mallarmé qui compare les lettres de Voltaire à Haydn : « Le concis, ou le dégagé. » Voici donc la raison même, enfin réaccordée à la création, aux saisons.

Wunderbar !

« Haydn s'était fait une règle singulière dont je ne puis rien vous apprendre, sinon qu'il n'a jamais voulu dire en quoi elle consistait. » (Stendhal, *Vie de Haydn*, lettre VIII.)

Comment concilier le nom de Dieu et la génétique ? Vieux et pénible problème, résolu ici comme par enchantement : YAH. ADN.

Rien de plus proche d'une *Illumination* de Rimbaud qu'une sonate de Haydn.

Pour vous en convaincre, écoutez Rudolf Buchbinder (le relieur) jouer celle en *la* bémol majeur (N° 31), 1768. Seize minutes, vingt-cinq secondes. La poésie qui discute les vérités nécessaires est moins belle que celle qui ne les discute pas. Repoussez l'incrédulité : vous me ferez plaisir. Je me figure Elohim plutôt froid que sentimental.

Ce *presto* !

Chambre vide, soleil, matin, n'importe où, après que l'idée de déluge se fut rassise, quelqu'un est là, réfléchit, pointe, articule, s'élance, pique, ponctue. Le temps est en cercle, éternel retour, quadrature de la sphère au cube. Cerveau à la touche, direct. Il n'y a rien à faire d'autre que de communiquer la gratuité du calcul. Qui bat là ? D'où viennent ces brusqueries, ces suspens, cette rage, ce velours ? Le dé, abolissant le hasard, bornant l'infini, éclairé de tous les côtés à la fois, transparente source en train de tourner sans déborder : est-ce possible ? Yah !

Andreas Streicher à Griesinger, Vienne, 2 juillet 1809 : « Trois jours avant la mort de Haydn, le 24 mai à deux heures de l'après-midi, alors que Haydn faisait sa sieste, un officier de hussards français est venu le voir pour faire sa connaissance. Haydn l'a reçu, a parlé avec lui de musique et en particulier de *La Création*, et s'est montré si vif d'esprit que l'officier lui a chanté en italien l'air "*Mit Würde und Hoheit angethan*" (l'air en *ut* majeur de la création de l'homme et de la femme de la deuxième partie). L'officier a chanté d'une voix si noble, si sublime, avec tant d'expression et de goût, que Haydn n'a pu retenir des larmes de joie, déclarant au chanteur lui-même et ensuite à d'autres personnes que non seulement il n'avait jamais entendu cet air interprété d'une telle façon, mais qu'à sa connaissance, jamais aucune voix ni aucun chant ne l'avaient ravi à ce point. Au bout d'une demi-heure, l'officier est remonté à cheval pour marcher contre l'ennemi. Il a laissé son adresse, qui est (pour autant qu'on puisse le deviner) : Sulimy, *Capitaine des Hussards*. Souhaitons que ce noble monsieur apprenne un jour que c'est lui qui a procuré à Haydn sa dernière joie musicale, car après, il n'a plus entendu la moindre note. »

Le style et l'amour

Que Crébillon fils soit encore à ce point méconnu est un scandale étrange. Comme l'écrit Étiemble, dans sa belle préface aux *Égarements du cœur et de l'esprit*[1] : « Allons, censeurs grognons, convenez que ce qui chez Crébillon vous révolte, peut-être même vous ennuie, c'est qu'on n'y traite jamais que de l'amour, de l'amour sous toutes ses formes : l'amour fou et l'amour goût, l'amour vénal et l'amour désintéressé, les débauches de la femme qu'on disait alors "insensible" (celle que nos sexologues ont baptisée "frigide"), les fiascos du semi-babilan et les exploits des amants inspirés. Dans une civilisation, la nôtre, où le métier, l'argent, la politique ont pris le dessus, quelle place reste-t-il pour les longs loisirs sans lesquels point

1. Crébillon fils, *Les Égarements du cœur et de l'esprit*, Gallimard, « Folio » n° 891.

d'amour ni de Crébillon fils ?... En ce temps qui ne peut supporter l'image du bonheur vrai, et qui se venge en inspirant aux zozottes la presse du cœur, aux gens intelligents une littérature de dérision et d'échec, Crébillon joue les trouble-ennui. On le lui fait bien voir. »

On le lui fait bien voir, c'est-à-dire qu'on en fait un auteur secondaire, alors qu'il mérite une des premières places dans l'éblouissante fête de langue qui entraîne Voltaire, Diderot, Marivaux, Laclos, Sade. Jean Dagen, dans sa présentation de la nouvelle édition (enfin !) des *Lettres de la marquise de M*** au comte de R****[1], a raison de parler de ces « pages stendhaliennes où l'émotion coexiste avec la perception de l'artifice qui devrait l'abolir ». Comme nous sommes, oui, dans une époque lourde, analphabète et triste (celle du populisme précieux), tout doit avoir l'air authentique et démagogique, alors que règne, sous couvert de « cœur », une froideur rentabilisée. La brutalité d'un côté et le sentimentalisme de l'autre ont remplacé la sensibilité et l'ironie du goût. Il faudrait donc s'ennuyer ? Ce serait un dogme ? Eh bien, non.

1. Crébillon fils, *Lettres de la marquise de M*** au comte de R****, Desjonquières, 1990 ; édition établie et présentée par Jean Dagen.

Soixante-dix lettres d'une femme à son amant, choisies par une autre femme, voilà ce qu'imagine, en 1732, cinquante ans avant *Les Liaisons dangereuses*, un jeune auteur de vingt-cinq ans : coup d'essai, coup de maître. La lettre est pressée, véhémente ; elle est intéressée, passionnée, tactique, stratégique ; elle se nourrit d'exclamations et d'interrogations répétées ; elle dit le roman électrique d'une vie dissimulée et battante. La suppression de la correspondance privée, dans notre froide comédie informatique, est une négation du temps intérieur. Ne plus écrire, lire de moins en moins, obéir aux injonctions des images et des chiffres manipulés, tel est le programme de la tyrannie qui s'installe. D'où l'extrême fraîcheur de ce message qui nous parvient à travers la tartufferie ambiante. Voyez cette phrase : « Je vais où je veux, j'écoute qui je trouve, je réponds à qui me plaît, je joue et je perds. » Ou celle-ci : « Je vous écris que je vous aime, je vous attends pour vous le dire. » Ou encore : « Venez dîner avec moi, je n'ai été de ma vie ni si belle, ni si folle. Que je vous plains ! » L'amour, dans sa guerre sombre ou joyeuse, est la continuation du style par d'autres moyens. Partout le dialogue, l'échauffement de la conversation, l'arrière-pensée

qui s'annonce, la double entente, la prépara-
tion clandestine des rendez-vous : «Vous me
demandez si je reste chez moi, je voudrais bien
vous répondre non, mais vous ne méritez pas
ce mensonge. Vous voulez savoir si j'y serai
seule, je pourrais bien vous le dire, mais ne
pouvez-vous rien deviner ? » Mots couverts,
devinettes, scansion entre les lignes : c'est une
activité de services secrets.

Crébillon connaît ses classiques, y compris
pour les parodier : *La Princesse de Clèves,* les
Lettres de la religieuse portugaise, Sévigné, Racine.
Quatre mouvements dans les lettres : l'accro-
chage, avec refus de céder physiquement ; le
moment de la chose (mais ici, censuré ou, plutôt, relief négatif) ; la mise en perspective dans
la durée (chauds et froids, séductions et repro-
ches) ; et enfin, la séparation et la mort
(«adieu, adieu, adieu pour jamais»). La première partie, jusqu'à la lettre vingt-neuf, est la
plus captivante. Il s'agit, pour la marquise, de
bien s'assurer que le comte est mis sous pres-
sion : «Je serais seule avec vous dans tout l'univers que je ne serais pas encore rassurée sur
votre inconstance.» L'amant, par définition,
est réduit au silence. On lui répond, on l'agace,
on l'égare, on le défie, on ne croit jamais ce
qu'il dit sauf pour lui demander d'en dire plus,

sa parole est de toute façon en défaut, l'esprit est délégué aux femmes pour donner des leçons aux hommes, quoi qu'il arrive. Crébillon, ou l'art d'inventer les femmes qu'il faut pour en apprendre davantage sur soi-même. Le lecteur, subjugué par l'énergie verbale, rajoutera les habits, les décors, les dates, le climat. Il pourra imaginer ces corps comme sortant des toiles de Watteau, le seul espace, sans doute, où une femme peut dire de son mari : « Je pardonne généreusement à mon ingrat son libertinage. » Le seul, aussi, où une femme est capable de recommander à son amant de favoriser, afin d'être tranquille avec lui, la passion qu'éprouve son mari pour la cousine dudit amant. Incroyables Français ! Acharnés à se punir, depuis, de ces aventures que le monde entier leur envie, tout en prétendant, bien entendu, le contraire ! Personne n'échappe donc à la loi de la force amoureuse *écrite* ? Non. « Les femmes qui paraissent si sévères ne sont pas les plus inaccessibles aux désirs ; et celle-ci, en lisant les romans, n'en a que mieux connu la nécessité de les abréger. » *Abréger les romans*, tout est là, sans quoi, nous le savons bien, la vie est mortelle.

Les ennuyeuses et les ennuyeux s'ennuient, et c'est normal. Faut-il pour autant, cédant à leur réprobation constante, renoncer à sentir et à s'amuser de peur de les déprimer ? La réponse de Crébillon, à travers sa petite marquise, est aussi implacable que simple : « On s'ennuie quand on aime médiocrement. »

Mystérieux Voltaire

Vous êtes déprimé, vous avez envie d'y voir clair. Vous trouvez l'époque confuse, grégaire, corrompue, bassement commerciale, lâche, fade, criminelle, nulle, absurde. Vous allez à la bibliothèque, vous choisissez des livres de la « Pléiade ». Vous emportez avec vous treize tomes de la *Correspondance* de Voltaire[1] et un volume de ses *Contes*. Vous ajoutez un Rabelais, un Montaigne, un cardinal de Retz, un Pascal, un La Bruyère, un La Fontaine, deux Molière, un Bossuet, trois Sévigné, deux Montesquieu, huit Saint-Simon, un Diderot, un Sade, deux Chateaubriand, deux Stendhal, quatre Proust, quatre Céline. En tout, cinquante volumes. Quoi, uniquement des auteurs français ? N'êtes-vous pas suspect de

---

1. Voltaire, *Correspondance*, Gallimard, « Bibliothèque de la Pléiade » ; dernier tome paru en 1993.

sympathies nationalistes réactionnaires? Vous ignorez l'objection. Vous disparaissez le temps qu'il faut, vous vivez modestement en zappant ferme votre télévision, vous ne cessez pas de lire. Puis, vous revenez : la cure a été sévère, mais la France nous paraît maintenant un paradis méconnu. Vous êtes guéri, souple, léger, insoupçonnable. Le bruit, la vulgarité, la bêtise vous laissent de marbre. Tout est pour le mieux dans le pire des mondes possibles.

Vous êtes étonné, par exemple, que Voltaire, à propos de qui vous avez entendu tant de lieux communs, tienne si bien le coup. Pas une ride, une énergie constante. Dans le treizième et dernier tome de sa *Correspondance*, vous avez consulté l'index général des personnes et des personnages, environ quatorze mille noms. Quel roman! Quel tissu animé! Quelle comédie humaine (tiens, vous auriez pu emporter aussi une douzaine de Balzac)! Quelle vie de bizarre saint rusé ironique! Quelle leçon de style endiablée! Si votre pays a disparu en apparence, du moins vivez-vous intensément dans sa langue qui est, à elle seule, un immense pays dans le temps, un continent immortel. Que d'intrigues on vous cache! Comme on vous ment tous les jours!

Mallarmé avait raison : une fois évacuées les tragédies illisibles (à part *Mahomet* qu'il faudrait remonter ces temps-ci en plein Paris en hommage à Rushdie), on doit placer les lettres et les contes de Voltaire au «tabernacle pur des livres français». Tabernacle ? Quel mot ! Mais encore Mallarmé : «Le concis, ou le dégagé, égale, dans tel billet, la grâce du mobilier bref de l'autre siècle, ou les accords d'Haydn... Jeu (avec miracle, n'est-ce-pas ?) résumé, départ de flèche et vibration de corde, dans le nom idéal de — *Voltaire*.» «Tabernacle» ? «Miracle» ? N'insistons pas.

Faut-il que le dix-neuvième siècle (et le vingtième, donc !) ait été décevant, meurtrier, morbide et gluant pour que Mallarmé ait rêvé de Voltaire ! Mais il n'est pas le seul. En 1878, Nietzsche dédie *Humain, trop humain* à l'«un des plus grands libérateurs de l'esprit». Il est encore plus explicite et violent, contre Wagner et la religiosité pangermanique ambiante, dans *Ecce Homo* : «Voltaire était avant tout, au contraire de tout ce qui a tenu la plume après lui, un grand seigneur de l'intelligence : juste ce que je suis aussi. Le nom de Voltaire sur un de mes écrits, c'était vraiment un progrès... vers moi-même.»

Pourquoi cette passion et cette nostalgie de

la part de deux exceptions aussi marquantes ?
Il y a donc eu un temps où l'Europe était française ? Les Français, aujourd'hui, seraient les
derniers à en être conscients ? Drôle d'histoire. Les Français ? Des *Welches*, dit Voltaire,
c'est-à-dire des ignorants prétentieux et apa-
thiques, frivoles, méprisant les lettres, bornés,
égoïstes, superstitieux. On devra redouter le
pire d'un front national welche. Mais, de
toute façon, un écrivain français n'a rien
de bon à attendre de ses compatriotes, seulement des cabales, des malveillances ou des
calomnies. Dans le monde littéraire, c'est le
règne de l'«immense canaille des écrivains
subalternes». Il vaut mieux s'y habituer, c'est
ainsi.

Diversité des correspondants, mobilité et
variété des tons, conscience aiguë de soi et des
destinataires, art de la relativité et des situations, auto-ironie piégée, fausse modestie,
immédiateté du propos, prestesse du geste :
chaque lettre de Voltaire, même la plus fonc-
tionnelle, est un plaisir d'instinct. C'est une
forme en soi, une enveloppe rapide, issue
d'une tradition de conversation comme il n'y
en a jamais eu. Comme l'écrit René Pomeau,
l'admirable biographe de Voltaire : « Ceux qui
se délectent dans les moiteurs de l'âme ne

peuvent pas aimer cette vivacité décharnée.»
Le sentimentalisme et la cruauté cynique sont
la majorité ? Voltaire est tout le contraire :
sécheresse feinte, sensibilité cachée. Son
grand ennemi, dans tous les domaines, le
Faux, l'Infâme, n'est rien d'autre que l'esprit
d'inertie, de sommeil, de retard, d'indifférence, d'emphase creuse, de bigoterie. Il
veut, lui, «donner à son âme toutes les formes
possibles». Il sait que le «monde est rempli
d'automates qui ne méritent pas qu'on leur
parle». Sa polémique acharnée contre un
christianisme ensablé est-elle irréversible ?
Sans doute, mais quelqu'un comme Renan a
raison de se méfier. Il y a, dit-il, plus d'affini-
tés qu'on ne croit entre le catholicisme et Voltaire. Finalement, dans la ligne Rousseau,
l'avenir devrait être plutôt le protestantisme
libéral qui, en Allemagne, à travers Herder ou
Fichte, a connu une «merveilleuse éclosion».
Renan ou Nietzsche ? Kant ou Voltaire ? On
devine l'enjeu pour la suite. En vérité, nous en
sommes toujours là.

Regardons Voltaire dans ses deux dernières
années, 1777 et 1778. Ce qui saute aux yeux,
c'est sa lucidité, son pessimisme, la constante
précision de sa présence physique. À Condor-
cet : «Je vous aime et vous respecte en esprit

et en vérité. Je me meurs, mais il n'y a pas grand mal. » À d'Alembert : « Les charlatans en tout genre débiteront toujours leur orviétan. Les sages en petit nombre s'en moqueront. Les fripons adroits feront leur fortune. On brûlera de temps en temps un apôtre indiscret. Le monde ira comme il est toujours allé ; mais conservez-moi votre amitié, mon très cher philosophe. » Comment ne pas être ahuri en lisant, par exemple : « J'ai été longtemps sur le point de passer du règne animal au règne végétal. Mon vieux et faible corps a été tout près de faire pousser les herbes de mon cimetière ; sans cela, je vous aurais remercié plus tôt. » Ou encore, quelques jours avant sa mort (à d'Alembert) : « Je voulais courir à l'Académie. Deux maladies cruelles me retiennent. Je vous recommande, à vous et à mes respectables confrères, les vingt-quatre lettres de l'alphabet. »

Sade dans la vie

Voici comment le Marquis de Sade apparaît en 1772, à trente-deux ans, aux témoins de «l'affaire de Marseille» qui lui vaudra d'être une première fois condamné à mort et exécuté en effigie puisqu'il est en fuite : «Taille moyenne, cheveux blonds, jolie figure, visage rempli, frac gris doublé de bleu, veste et culotte de soie couleur souci, plumet au chapeau, épée au côté, une canne à pommeau d'or à la main.» Il est *sur le terrain*, en somme. Sa passion est le corps humain, celui des autres et le sien ; ses tableaux seront les livres les plus intraitables et les plus inspirés jamais écrits sur la jouissance que peut procurer cette substance. Mais laissons parler le préfet Dubois qui a eu la chance, avant de les faire brûler, de lire les dix volumes manuscrits des *Journées de Florbelle ou la Nature dévoilée*, écrits trente-cinq ans plus tard, en 1807, par le vieux prisonnier de Charenton devenu obèse : « On accumulerait les épithètes les plus épouvantables qu'on ne caractériserait pas cette infernale production. » Ce monstre d'écriture est pourtant issu d'une des plus anciennes familles de France qui compte en son sein Laure, l'inspiratrice de Pétrarque. Voici ses armes : « De gueules à l'étoile de huit rais d'or chargée d'une aigle éployée de sable, membrée, becquée, onglée, diadémée de gueules. » Tout un programme, dont le moins qu'on puisse dire, donc, est qu'il a été vertigineusement *détourné*.

On croit tout savoir de Sade, par réaction automatique et abstraite, effrayée ou vaguement idolâtre, mais le temps fait son œuvre, les découvertes concrètes s'accumulent, l'histoire dissout les fantasmes et le rend, lui, de plus en plus visible et plus mystérieux. Ainsi, nous ne savions rien de son père, Jean-Baptiste, amateur de littérature, libertin résolu sous Louis XV, franc-maçon reçu en même temps que Montesquieu à Londres. Le voici ressuscité dans ses intrigues et ses liaisons multiples, adorant son fils et aimé en retour par lui. Sade ? L'anti-Œdipe radical : « Uniquement formé du sang de nos pères, nous ne devons absolument rien à nos mères. » Peut-

on imaginer, surtout aujourd'hui, déclaration
plus scandaleuse? Déjà, voici quelqu'un d'in-
compréhensible, hors nature et hors société.
Élevé par les maîtresses de son père, Dona-
tien-Alphonse-François de Sade apparaît
d'emblée à ces femmes vives et spirituelles (il
suffit de lire leur correspondance) comme un
«singulier enfant». «Le drôle d'enfant!» :
telle est aussi l'expression spontanée de sa
belle-mère, la Présidente de Montreuil, sa
grande persécutrice au nom des familles deve-
nant de plus en plus matriarcales et bour-
geoises, comme c'est sans doute leur destin
chimique, de haut en bas et de bas en haut.
La Présidente a-t-elle désiré sourdement son
«petit gendre»? On ne peut s'empêcher de le
penser devant un tel déploiement d'énergie
face à un homme qui non seulement, malgré
ses débordements, se fait aimer de sa fille (elle
lui écrit : «Mon bon petit ami que j'adore
mille fois») mais qui, en plus, lui emprunte
son autre fille, chanoinesse de vingt ans, pour
un voyage en Italie qui risque de la rendre
inmariable. Des aventures avec des actrices,
des bordels, des débauches cruelles à blas-
phèmes, des perversions en tout genre, soit :
cela peut toujours s'étouffer. Mais deux filles,
deux sœurs! Quelle mère s'y résoudrait?
D'autant plus que celles-ci sont consentantes,

actives. Lettre de la femme du Marquis : « Ce qui la pique le plus (sa mère, Mme de Montreuil), c'est de voir que mes idées et propos viennent de moi et non de M. de Sade qu'elle pensait qui me soufflait comme un perroquet. » Enfermé à Vincennes puis à la Bastille, Sade écrit à sa femme les lettres les plus étourdissantes de virtuosité qu'on ait jamais lues, pleines d'imprécations, de revendications, de plaintes, mais aussi d'humour, de tendresse. Comment l'appelle-t-il ? « Ma lolotte », « jouissance de Mahomet », « tourterelle chérie », « porc frais de mes pensées », « aiguillon de mes nerfs ». Et elle qui, pourtant, a été témoin des orgies du château de La Coste : « Rien ne me fera changer que le bien de mon mari. C'est mon unique but, l'univers ne m'est rien sans cela. » C'est à elle que Sade confie, le plus naturellement du monde, sa philosophie de base : « Je respecte *les goûts, les fantaisies*. Quelques baroques qu'elles soient, je les trouve toutes respectables, et parce qu'on n'en est pas le maître, et parce que la plus singulière et la plus bizarre de toutes, bien analysée, remonte toujours à un principe de délicatesse. Je me charge de le prouver quand on voudra : vous savez que personne n'analyse les choses comme moi. » Et encore : « Ce n'est pas ma façon de penser qui a fait mon malheur, c'est celle des autres. »

La Bastille engendre, à travers Sade, *Les Cent Vingt Journées de Sodome*; la lettre de cachet se retourne en écriture cachée ravageante. Sade, à la lettre, fait sauter les coulisses et les caves de tous les Pouvoirs. « Détenu sous tous les régimes », pillé, diffamé par la presse et par l'opinion (peut-être parce qu'il n'a jamais été criminel jusqu'au bout), bouclé et jamais jugé, on peut dire que c'est la Société elle-même, dans son insondable hypocrisie et ses formes toujours changeantes, qui a été et reste sadique avec Sade. « Il n'y a plus que de la cruauté sans profit... Pourquoi ceux qui me persécutent me prêchent-ils un Dieu qu'ils n'imitent pas ? » Le formidable déni de justice dont il est l'objet nous renseigne à ciel ouvert sur le vrai trafic des arrangements collectifs.

Un point capital : il n'est plus possible, romantiquement, surréalistement, de faire de Sade, pendant la Terreur, un militant enragé, ultra-révolutionnaire. « Rien ne lui répugne davantage, écrit justement Maurice Lever, que l'égalité des jouissances, le mépris de la culture, le terrorisme légal[1]. » La participation de

---

1. Maurice Lever, *Sade*, Fayard, 1991.

Sade à la Révolution est on ne peut plus ambiguë, pour ne pas dire comique. Ainsi de la
« farce patriotique » sur fond de têtes tranchées, pour célébrer les mânes de Marat et de
Le Pelletier. « L'auteur des *Cent Vingt Journées*,
dit encore Lever, n'a pu prononcer de telles
inepties sans un ricanement noir et glacé tout
intérieur, bien entendu, qui n'appartient qu'à
lui. » Il se mêle étroitement aux événements ?
Il agit, il parle, il en rajoute ? Sans doute, mais
il est suspect par définition. Va-t-il dénoncer
les Montreuil, ses persécuteurs d'Ancien
Régime ? « Un mot de moi, et ils étaient malmenés. Je me suis tu : voilà comment je me
venge ! » C'est en pensant à Sade que Robespierre va attaquer l'athéisme comme « aristocratique » et tenter d'instaurer le culte de
l'Être Suprême (ce qui nous conduit d'ailleurs
à conclure que tout athéisme qui n'est pas
aristocratique n'en est pas un). Et voici une
énigme résolue : si l'on n'a pas trouvé Sade le
8 thermidor à Picpus pour être mené à la
guillotine sur ordre de Fouquier-Tinville, c'est
tout simplement qu'il a trouvé dans l'actrice
Constance Quesnet — surnommée par lui
« Sensible » — une complice idéale permanente (toujours ces femmes qui aiment
Sade !), laquelle a pu emprunter de l'argent et
payer. La corruption se pratiquait beaucoup,

bien entendu, sous le masque de l'épuration vertueuse : elle n'a peut-être jamais si bien fonctionné que sous l'Incorruptible lui-même, ce qui permet de mieux comprendre ce mot du Marquis : «Ma détention m'a ruiné.»

La Présidente, Robespierre, Napoléon : voilà la trinité refoulante qu'on pourrait dire virtuelle en tous temps. Ses employés, fonctionnaires de censure, sont ceux que Sade appelle «les scrutateurs, les abréviateurs, les commentateurs, les réformateurs». Quelle dérision de voir l'un des plus grands écrivains français écrire à Fouché, en réclamant une fois de plus d'être «*libre* ou *jugé*», cette formule terrible : «Toutes les lois de la raison sont méconnues en ce qui me concerne.» Sade, dans le théâtre aliéné de Charenton, n'est plus, selon l'expression du sinistre Barras, qu'une «anomalie au milieu de l'espèce humaine». Anomalie extrême parce qu'il a écrit *Justine* et *Juliette*, mais surtout, rien ne réussissant à le briser, parce qu'il *continue* sans fin à écrire, malgré les surveillances constantes, les délations, les vexations, les perquisitions, «les bêtises, les platitudes». Il ne cède pas sur son désir, il mobilise chaque occasion de plaisir, et même s'il se plaint (et pour cause), nous savons aussi qu'il s'amuse.

Les manuscrits sont saisis et détruits ? Tant pis, c'est comme s'ils existaient dans une autre réalité, au-delà des murs et des pages. Deux personnes l'ont rencontré vers la fin de sa vie à Charenton, un soir de spectacle donné par les fous sous sa direction. Un journaliste se rappelle « un vieillard à la tête penchée, au regard de feu... Il me parla plusieurs fois avec une verve si chaleureuse et un esprit si varié qu'il me fut très sympathique ». Et puis une jeune actrice, débutante à Paris, Mlle Flore : « Il avait conservé de grandes manières et beaucoup d'esprit. »

Casanova intégral

Enfin ! Enfin une édition véritable des deux mille pages des *Mémoires* de Casanova[1], l'équivalent d'*À la recherche du temps perdu*, huit millions de signes, et quels signes ! Enfin un seul bloc de féerie qui méritait d'être aménagé, soit, mais pas censuré ! L'affaire est complexe, mais finalement assez simple. Casanova (mort en 1798) écrivait un français souvent maladroit. Le manuscrit se retrouve en Allemagne, il est d'abord traduit en allemand. Puis, en 1826, publication en « bon français » mais avec atténuations, voilages, additions intempestives. Le manuscrit original, lui, attend 1960 (!) pour être connu. D'où, maintenant, nécessité d'adopter un principe unique d'édition : lisibilité de la mise au point

1. Casanova, *Histoire de ma vie*, Arléa, 1993, et Laffont, « Bouquins », 1993.

grammaticale, et intercalation entre crochets, dans le récit, des points de censure. Voilà qui est fait, et bien fait. Le résultat est proprement fabuleux.

Jean Laforgue, le professeur français qui a « mis en forme » les *Mémoires*, ou plutôt l'*Histoire de ma vie*, est un excellent exemple de goût scrupuleux et de refoulement laïque. C'est tout le dix-neuvième siècle qui s'exprime à travers lui et qui vient ainsi, fasciné, sérieux, s'allonger avec ferveur sur le divan de Casanova. Laforgue connaît bien sa langue, mais il ne faudrait pas qu'en se dévoilant beaucoup grâce à un autre elle en dise trop. Voici sa première intervention : « Quant aux femmes, j'ai toujours trouvé suave l'odeur de celles que j'ai aimées. » Casanova, pourtant, a écrit : « J'ai toujours trouvé que celle que j'aimais sentait bon, et plus sa transpiration était forte, plus elle me semblait suave. » Cette répression de la transpiration est tout un programme. De même, pour la nourriture. Casanova ne cache pas ce qu'il appelle ses « gros goûts » : gibier, rougets, foie d'anguille, crabes, huîtres, fromages décomposés, le tout arrosé de Champagne, de bourgognes, de graves. Laforgue préférera le plus souvent parler de « soupers délicieux ». Casanova se décrit-il en mouvement, pieds nus, la nuit, pour ne pas faire de bruit ? Laforgue, immédiatement, prend froid, et met à son héros des « pantoufles légères ». Nous assistons ainsi, par petites touches, ou parfois par paragraphes entiers, à l'habillage supportable du corps qui hante les imaginations coupables et déprimées depuis la disparition du dix-huitième siècle. Le corps trop cru, trop présent, trop en relief, voilà le danger. L'aventure d'un corps singulier, non collectisable, ses gestes, ses initiatives, ses postures déclenchent une inquiétude permanente (Baudelaire et Flaubert en ont su quelque chose, sans parler des péripéties souterraines du texte de Sade). Certes, Laforgue est globalement honnête : il sait qu'il participe à un explosif littéraire (succès garanti), il aime son modèle, il l'admire. Mais il ne peut s'empêcher d'intervenir, et c'est cela qui est pour nous si passionnant. Car Laforgue est un bien-pensant toujours actuel. Le mot « jésuite », par exemple, le fait frémir, il en rajoute dans le sarcasme, là où Casanova se contente de l'ironie. Le souvenir de la monarchie est une blessure ouverte. Comment concilier le fait que Casanova est ouvertement hostile à la Terreur et regrette, après tout, l'Ancien Régime, avec ses aventures subversives qui, donc, devaient aller dans le bon sens, celui de l'histoire ?

On laissera passer l'apologie de Louis XV
(« Louis XV avait la plus belle tête qu'il soit possible de voir, et il la portait avec autant de grâce
que de majesté »), mais on supprimera la dia-
tribe contre le peuple français qui a massacré
sa noblesse, ce peuple qui, comme l'a dit Voltaire, est « le plus abominable de tous » et qui
ressemble à un « caméléon qui prend toutes les
couleurs et est susceptible de tout ce qu'un
chef peut lui faire faire en bon ou en mauvais ».
Les odeurs, la nourriture, les opinions politiques : cela se surveille. Si Casanova écrit le
« bas peuple de Paris », on lui fera dire le « bon
peuple ». Mais ce sont évidemment les préci-
sions de désir sexuel qui sont les plus épi-
neuses. À propos d'une femme qui vient de
tomber, Laforgue écrit que Casanova « répare
d'une main chaste le désordre que la chute
avait occasionné à sa toilette ». Qu'en termes
galants ces choses-là sont dites. Casanova, lui,
est allé « baisser vite ses jupes qui avaient étalé
à la vue toutes ses merveilles secrètes ». Pas
de main chaste, on le voit, mais un prompt
regard. Laforgue « craint le mariage comme le
feu ». Est-ce pour ne pas choquer Mme Laforgue qu'il ne produit pas la phrase de Casanova :
« Je crains le mariage plus que la mort » ? Plus
abruptement, il ne faut pas montrer deux des
principales héroïnes, M.M. et C.C. (les deux

amies de l'une des périodes les plus heureuses
de la vie de Casanova, dans son casino de
Venise), dans une séquence comme celle-ci :
« Elles commencèrent leurs travaux avec une
fureur pareille à celle de deux tigresses qui
paraissaient vouloir se dévorer. » En tout cas,
pas question d'imprimer ceci : « Nous nous
sommes trouvés tous les trois du même sexe
dans tous les trios que nous exécutâmes. »
Après une orgie, il paraît naturel à Laforgue
de faire ressentir à Casanova du « dégoût ».
Rien de tel.

Si Casanova écrit : « Sûr d'une pleine jouissance à la fin du jour, je me livrai à toute ma
gaieté naturelle », Laforgue corrige : « Sûr
d'être heureux... » Une femme, pour Laforgue, ne saurait être représentée couchée sur
le dos en train de se « manuéliser ». Non : elle
sera « dans l'acte de se faire illusion ». Voilà,
en effet, comment une main reste chaste. De
même on dira « onanisme » là où Casanova
emploie ce mot merveilleux : « manustupra-
tion ». On évitera des notations sur le « féroce
viscère qui [...] donne des convulsions à celle-
ci, fait devenir folle celle-là, fait devenir l'autre
dévote ». Casanova aime les femmes : il les
décrit comme il les aime. Laforgue les respecte : c'est un féministe qui les craint. Pas

question non plus que Casanova parle de taches suspectes sur sa culotte : on lui nettoie ça. En revanche, on le dotera, de temps en temps, de formules morales. La correction en arrive parfois au ravissement. M.M (« cette femme religieuse, esprit fort, libertine et joueuse, admirable en tout ce qu'elle faisait ») envoie une lettre d'amour à son Casanova. Version Laforgue : « Je lance mille baisers qui se perdent dans l'air. » Casanova (et c'est tellement plus beau) : « Je baise l'air, croyant que tu y es. »

D'où vient, cependant, l'enchantement constant à lire, même dans la version Laforgue, ces *Mille et Une Nuits* d'Occident ? C'est qu'il s'agit simplement d'un des plus beaux romans de tous les temps, racontant une performance alchimique dont chacun rêve mais que peu atteignent : faire de sa vie un roman. Si les romans servent à imaginer les vies qu'on n'a pas eues, Casanova, lui, peut affirmer tranquillement : « Ma vie est ma matière, ma matière est ma vie. » Et quelle matière ! « En me rappelant les plaisirs que j'ai eus, je les renouvelle, j'en jouis une seconde fois, et je ris de peines que j'ai endurées et que je ne sens plus. Membre de l'univers, je parle à l'air, et je me figure rendre compte de ma gestion, comme un maître d'hôtel le rend à son maître avant de disparaître. » (Notez que Casanova ne dit pas que le maître doit disparaître.) Il s'est organisé une fête de tous les instants, rien ne l'empêche, rien ne le contraint, ses maladies mêmes et ses fiascos l'intéressent ou l'amusent ; et toujours, partout, à l'improviste, des femmes sont là pour rentrer dans son tourbillon magnétique. Comme par hasard, ce sont souvent des sœurs, des amies, quand cela ne va pas jusqu'à la mère et la fille. « Je n'ai jamais pu concevoir comment un père pouvait aimer tendrement sa charmante fille sans avoir du moins une fois couché avec elle. Cette impuissance de conception m'a toujours convaincu, et me convainc encore avec plus de force aujourd'hui, que mon esprit et ma matière ne font qu'une seule substance. » Formidable déclaration d'inceste revendiqué (et d'ailleurs pratiqué et raconté, lors d'une nuit fameuse, à Naples). Il faut insister : « Les incestes, sujets éternels des tragédies grecques, au lieu de me faire pleurer, me font rire. » Voilà de quoi troubler ou scandaliser à jamais toutes les sociétés, quelles qu'elles soient. Les aventures de Casanova, l'aimantation qu'elles dégagent, viennent sans doute de cette « substance » qui le constitue. À cause d'elle, et de la détestation de la mort qu'elle entraîne, les portes s'ouvrent, les ennemis disparaissent, les hasards heureux se multiplient, les évasions de prison sont possibles, les parties de jeu tournent bien, la folie est utilisée et vaincue, la raison (ou du moins une certaine raison supérieure) triomphe. L'histoire « magique » avec la marquise d'Urfé (qui attend de Casanova, super-sorcier, d'être transformée en homme) est une des plus ahurissantes jamais vécues. Charlatan, Casanova ? Sans doute, quand il le faut, mais charlatan qui s'avoue, précisant chaque fois la vraie cause des crédulités (comme Freud, au fond, mais en plus comique).

Il rencontre des stars ? Pas de problèmes. Voltaire ? On lui récite l'Arioste, on le fait pleurer. Rousseau ? Manque de charme, ne sait pas rire. Frédéric de Prusse ? Saute d'un sujet à un autre, n'écoute pas les réponses qu'on lui fait. Catherine de Russie ? On voyage avec elle. Le cardinal de Bernis ? C'est un ami de débauche, à Venise. Le pape ? Il vous donne la même décoration qu'à Mozart, en passant. À propos de pape, la métaphysique de Casanova a encore de quoi surprendre. Il commence ainsi l'*Histoire de ma vie* : « La doctrine des stoïciens et de toute autre secte sur la force du destin est une chimère de l'imagination qui tient à l'athéisme. Je suis non seulement monothéiste, mais chrétien fortifié par la philosophie, qui n'a jamais rien gâté. » La Providence, dit-il encore, l'a toujours exaucé dans ses prières. « Le désespoir tue ; la prière le fait disparaître et, quand l'homme a prié, il éprouve de la confiance et il agit. » Casanova en train de prier : quel tableau ! Étonnante profession de foi, en tout cas, pour l'homme qui jette en même temps à la face de ses semblables cette phrase destinée à être comprise par ceux qui « à force de demeurer dans le feu sont devenus salamandres » : « Rien ne pourra faire que je ne me sois amusé. »

Casanova est présent. C'est nous qui avons dérivé loin de lui et, de toute évidence, dans une impasse fatale. Un jour, à Paris, il est à l'Opéra, dans une loge voisine de celle de Mme de Pompadour. La bonne société s'amuse de son français approximatif, par exemple qu'il dise ne pas avoir froid chez lui parce que ses fenêtres sont bien « calfoutrées ». Il intrigue, on lui demande d'où il vient : « de Venise ». Mme de Pompadour : « De Venise ? Vous venez vraiment de là-bas ? » Casanova : « Venise n'est pas là-bas, madame, mais là-haut. » Cette réflexion insolente frappe les spectateurs. Le soir même, Paris est à lui.

Profond Marivaux

Allez à Berlin, désormais ville ouverte : vous circulez d'Ouest en Est, vous vous demandez pourquoi, depuis presque un siècle, a eu lieu ce grand théâtre massacrant, ces hurlements bruns, ces rafales rouges. Tout est calme, maintenant, électronique, technique. Vous entrez dans le palais de Charlottenbourg, vous montez, et la réponse est là, puissante, insolente, discrète : *L'Enseigne de Gersaint, L'Embarquement pour Cythère*. Watteau avait donc raison à ce point ? Oui, il n'y a rien d'autre à voir à Berlin. En quelle langue parlent donc ces petits personnages de tableaux, vifs, fragiles, passionnés, indestructibles ? Pourquoi semblent-ils soudain si réels ? Regardez, écoutez. Voilà, les voix vous parviennent. C'est du Marivaux [1]. Le Marivaux

1. Marivaux, *Théâtre complet*, Gallimard, « Bibliothèque de la Pléiade », tome II, 1994 ; édition établie par Henri Coulet et Michel Gilot.

est une langue en soi, ce qui prouve bien qu'un grand écrivain est inséparable de la peinture et de la musique de son époque, et que cette époque, justement, saisie comme il faut, n'est pas du passé, mais du présent intégral, du temps à l'état pur. Marivaux n'écrit pas une langue donnée, il écrit *en plus* dans la langue de tous les écrivains de cette langue. Il s'agit du français ? Eh oui, on n'y peut rien. Le pacte germano-soviétique a oublié ce détail. L'anglais publicitaire n'y change pas grand-chose. Du français, donc, qu'il faudrait apprendre aux Français comme à tout le monde. Nous avons là une preuve : qui aurait pu imaginer que Watteau triompherait à Berlin ?

En 1697, Louis XIV, poussé par la pieuse et morne Maintenon, chasse les comédiens italiens. Ils sont trop mobiles, ironiques ; ils risquent d'entraîner des désordres. Le Régent les rappelle dès 1716. On ne dira jamais assez de bien de la Régence. On n'insistera jamais assez sur le fait que le fond des choses se joue sans cesse entre puritains et libertaires, le puritanisme se manifestant bien entendu *aussi* par l'utilisation de la caricature pornographique. Question de goût. D'un côté, tragédie, pathos, religiosité, morbidité, grands sentiments, bru-

talité, folie, confusion, lourdeur. De l'autre,
improvisation, égalité spontanée des sexes,
conversations rapides, échanges complexes et
précis, profondeur par légèreté, relativité,
plaisir. Le théâtre français était endormi :
attitudes conventionnelles, diction pesante,
vanité des acteurs (Marivaux les décrit ainsi :
« Ils ont mieux aimé commettre dans leur
jeu un contresens perpétuel qui flattait leur
amour-propre, que de ne pas paraître entendre finesse à leur rôle »). Les Italiens, eux,
sont d'abord des corps. Ils ont des mimes, des
acrobates, ils partent de la féerie des gestes, ils
inventent des répliques, ils ne sont pas pri-
sonniers du texte. Marivaux surgit dans cette
contre-offensive physique. Arlequin trouve sa
philosophie : « Je cours, je saute, je chante, je
danse. » C'est à Paris, et nulle part ailleurs,
qu'Arlequin se met à penser l'espace comme
une nouveauté de chaque instant. Picasso,
plus tard, ne dira pas autre chose.

Oui, oui, Saint-Simon, Watteau, Marivaux,
Fragonard, Voltaire, Diderot, Laclos, Sade —
et tous les autres : rien à faire, l'histoire tragique de l'Europe ne les touche pas. Et ne
dites pas que c'est du passé, seuls les pro-
grammes de mort passent. C'est *Le Triomphe de
l'amour* qu'il fallait aller jouer à Sarajevo, et

non pas *En attendant Godot,* comme a cru bon
de le faire un écrivain-femme américain, avec
autant de perversité inconsciente que d'indé-
cence. Hitler et Staline ont cru Watteau sans
pouvoirs ? Ils ont eu tort, comme ont tort
aujourd'hui Milosevic, l'intégrisme islamique
ou le déluge publicitaire populiste. Une diri-
geante féministe ralliée à Tapie ? Sans commentaire. Ou plutôt : ce qu'il fallait démontrer. Dans tous les cas de figures et quelle que
soit la rage à se débarrasser de l'intelligence
incarnée, l'extrême profondeur de la légèreté
jouée est inaltérable. Dans *Le Spectateur français,* Marivaux écrit : « Penser naturellement,
c'est rester dans la singularité d'esprit qui
nous est échue... Avec ce génie-là, on est
nécessairement singulier et d'un singulier très
rare. »

Démontrer le corps par la langue, et réci-
proquement, voilà la grande affaire. Nous ne
savons pas d'avance ce que nous pensons,
croyons, ressentons : il faut le dire, il faut
répondre à ce qui est dit. Enchaînons les titres
des pièces publiées dans ce deuxième volume
de la « Pléiade », nous obtenons un roman : la
réunion des amours, le triomphe de l'amour,
l'heureux stratagème, la méprise, les fausses
confidences, la joie imprévue, l'épreuve, la

dispute, le préjugé vaincu. Au fond, peu importent les situations, les variations, les personnages. Tout se passe dans une ivresse lucide de parler, d'insinuer, de simuler, de dissimuler. C'est ici le jeu même de la vérité, c'est-à-dire du hasard, c'est-à-dire d'une nécessité plus forte que la prétention humaine. On trouve devant soi « de la jalousie, du calme, de l'inquiétude, de la joie, du babil et du silence de toutes couleurs ». Le dialogue est la pierre de touche de la justesse cachée, celle qui lève la malédiction du soi-disant abîme entre les sexes (le fascisme, au fond, n'a pas d'autre cause). Un garçon dit à une fille : « J'ai beau être près de vous, je ne vous vois pas assez. » Elle répond : « C'est ma pensée ; mais on ne peut pas se voir davantage, car nous sommes là. » Marivaudage ? Mais non, petites unités de désir, division des pulsions, art de la touche qui disqualifient les mauvaises natures en encourageant les dons. « Je ne les endors pas, je les réveille, dit Cupidon ; ils sont si vifs qu'ils n'ont pas le loisir d'être tendres ; leurs regards sont des désirs ; au lieu de soupirer, ils attaquent ; ils ne demandent pas d'amour, ils le supposent. Ils ne disent pas : faites-moi grâce, ils la prennent. » La civilisation de la raison passe par ce feu qui favorise, bien entendu, certaines femmes. Liberté féminine élue égale liberté tout court. Il faut lire *La Colonie*, la pièce la plus «féministe» de Marivaux. Faire confiance au langage et à ses nuances est la seule loi. Tout le reste s'ensuit : une faute de langage est une faute d'amour. «Accoutumez-vous à penser que vos soupirs ne m'obligent pas à les accompagner des miens», dit durement la comtesse dans *L'Heureux Stratagème*. C'est la même, d'ailleurs, qui lance le merveilleux «ce n'est pas ma faute», dont Laclos, dans *Les Liaisons dangereuses*, se souviendra si bien.

Silvia, la célèbre actrice italienne dont Marivaux exploitera toutes les finesses, se plaint, au début, de ne pas bien entrer dans le rôle qu'on lui donne à jouer. Elle ne connaît pas encore Marivaux. Il va dans sa loge et lui lit des morceaux de la pièce. «Ah, dit-elle, je comprends tout. Mais vous, vous êtes le diable ou l'auteur.» Marivaux répond : «Je ne suis pas le diable.» Il est beau, je trouve, que ce soit elle qui l'ait reconnu, à la voix, comme étant ce diable d'auteur.

Le goût des classiques

On peut assister aujourd'hui au paradoxe suivant : plus l'ignorance publicitaire et télévisuelle augmente, plus le mauvais goût se déchaîne en étant sûr de son impunité, et plus les classiques deviennent des auteurs surprenants, révolutionnaires, fous, surréalistes. Paradoxe ou ruse de la raison ? En tout cas, le phénomène est là, il grandit peu à peu, il s'impose. Dans une société où tout le monde croit pouvoir devenir écrivain et où presque plus personne ne sait lire, le moindre passage de Pascal ou de La Bruyère prend soudain des allures de vertige. Les jeunes générations les découvrent avec stupeur. Personne ne leur en a parlé ; elles ne peuvent en parler avec personne. La vulgarité et l'immoralité sont d'ailleurs devenues si intenses, si arrogantes, qu'un jeune homme éveillé se jettera, juste pour respirer, sur n'importe quel volume du passé. Mais les classiques, il y en a tant, c'est si long, que préférer, par où commencer ? Voici donc venu le temps des hameçons, des appâts, des signaux dans la nuit, bref des petites collections choisies, des joyaux mis en évidence, volumes brefs et pas chers pour gens assoiffés et pressés voulant avoir en main un effet qui dure. L'époque de l'anti-marchandise débute. C'est l'avenir.

Montesquieu, par exemple, l'*Essai sur le goût*[1]. Publié après sa mort, on peut s'amuser, en passant, de savoir que cet essai inachevé a été sauvé de la destruction par le secrétaire du fils de Montesquieu, Jean-Baptiste de Secondat, qui voulait le brûler en 1793. Pourquoi ? C'était un document compromettant qui risquait d'apporter des ennuis à sa famille. Le goût, pas plus qu'aujourd'hui, n'avait bonne réputation, il pouvait même vous coûter la vie. Trop de logique, de syntaxe, de vocabulaire, de nuances, de connaissances, de références ? Suspect. « Le goût n'est autre chose que l'avantage de découvrir avec finesse et avec promptitude la nature des plaisirs que

---

1. Montesquieu, *Essai sur le goût*, suivi d'un texte de Jean Starobinski, Rivages, « Petite bibliothèque », 1993 ; postface et notes de Louis Desgraves.

chaque chose doit donner aux hommes. »
Montesquieu insiste tout de suite sur la rapidité du goût, sur son intelligence innée consis-
tant à appliquer des règles qu'il ignore. Lau-
tréamont, un siècle plus tard, après avoir
pleinement apprécié les ravages romantiques
du dix-neuvième siècle, ne dira pas autre
chose dans *Poésies* : « Le goût est la qualité fondamentale qui résume toutes les autres quali-
tés. C'est le *nec plus ultra* de l'intelligence. Ce
n'est que par lui seul que le génie est la santé
suprême et l'équilibre de toutes les facultés. »
Or, déjà, Montesquieu : « L'esprit consiste à
avoir des organes bien constitués relativement
aux choses où il s'applique. »

Rapidité, condensation, application immédiate d'une théorie inconsciente. Pour se faire
comprendre, Montesquieu recourt naturellement au latin. Ainsi, Florus veut résumer
toutes les fautes commises par Hannibal (la
formule vaut pour n'importe quel chef militaire ou stratège) : « *Cum Victoria posset uti,
frui maluit.* » On traduit, mais c'est aussitôt
trop long : « Lorsqu'il pouvait se servir de la
victoire, il préféra en jouir. » Efficacité ramassée du latin : « *Oderint, dum metuant* », « Qu'ils
me haïssent pourvu qu'ils me craignent. » Le
goût est d'abord une architecture, un sens vif

et secret de l'ordre. Il y aura donc ces plaisirs de l'ordre, mais aussi ceux de la variété et de la surprise, le but étant toujours l'excitation. Un bon écrivain est celui qui «excite dans l'âme le plus de sensations en même temps». Ou encore : «Pour que notre âme soit excitée, il faut que les esprits coulent dans les nerfs.» Il y a enfin le *je ne sais quoi*, charme invisible, grâce naturelle, qui n'est pas forcément la beauté admise, stéréotypée (celle, maintenant, du mauvais goût fanatique des magazines), mais un élément qu'on n'attendait pas et qui peut se manifester même dans la laideur : «Une femme ne peut guère être belle que d'une façon, mais elle est jolie de cent mille.» Le moment essentiel est, en somme, celui de la progression dans la surprise. Le modèle que choisit ici Montesquieu est plus que bizarre : la basilique de Saint-Pierre de Rome : «Si elle était moins large, nous serions frappés de sa longueur; si elle était moins longue, nous le serions de sa largeur.» Ordre, variété, surprise, règle qui bascule dans l'exception (Michel-Ange), tout cela n'est d'ailleurs que le résultat d'une création constante de soi par soi : «Un homme d'esprit se crée, à chaque instant, sur le besoin actuel; il sait et il sent le juste rapport entre les choses et lui.» Jean Starobinski, à propos de Montes-

quieu, a raison de parler d'un désir de clair-
voyance qui correspondrait au déplacement
instantané de la lumière. On dit « les lumières », et c'est pour oublier la vitesse qui les
définit. Le mauvais goût est toujours lourdeur
et lenteur, vaine exhibition agitée, contre-
excitation à vide. L'obscurantisme (et c'est
pourquoi il peut se manifester dans n'importe
quelle famille de pensée) est le mauvais goût
lui-même. Il ne peut y avoir de politique du
goût, pas plus que de bons ou de mauvais sentiments à son sujet. Il est ou il n'est pas. Il est
injuste par sa justesse même.

Et voilà pourquoi il ne s'agit pas de conven-
tion ; de contemplation, de conservation. Le
goût mène directement à la subversion
sociale. La preuve : cet autre texte de Montesquieu, *Histoire véritable*[1]. Ce court roman,
dit Roger Caillois, est « d'un cynisme délibéré,
impitoyable, sûr de soi ». Il s'agit de méta-
morphoses, de métempsycose. Montesquieu,
là, se montre aussi rusé que Kafka. Le narrateur est d'abord, en Inde, le valet cupide d'un
philosophe ascétique. Il meurt, il est jugé dans

1. Montesquieu, *Histoire véritable*, suivi de *Critique de l'Histoire
véritable*, de Jean-Jacques Bel, Édition Ombres, « Petite bibliothèque Ombres », 1993.

l'au-delà et condamné à se réincarner en animal. Le voilà transformé en insecte, puis en
perroquet qui se croit supérieur aux hommes.
Puis en petit chien («J'étais si joli que ma maîtresse m'estropiait tout le jour et m'étouffait
toute la nuit»). Autres transmigrations : loup,
bœuf sacré en Égypte, éléphant adoré comme
un dieu. Le plus frappant, c'est la désinvolture
de Montesquieu à l'égard des vies, des morts,
du temps, de l'espace, des limitations de
forme physiques ou idéologiques. Le voici
devenu homme, il a dix-huit ans, il est pendu.
Il est ensuite l'époux d'une femme qui a eu
beaucoup d'amants. Il prend donc une maîtresse, mais celle-ci entretient un homme de
guerre ; l'homme de guerre entretient une
prêtresse d'Apollon ; la prêtresse d'Apollon
un joueur de flûte ; le joueur de flûte une
courtisane ; la courtisane un laquais. Quelle
chaîne ! «Je fis d'un seul coup, dit le narrateur, tomber tous ces ménages.» S'agissant
des hommes et des femmes, ou plus généralement de ce qu'on appelle l'amour, Montesquieu nous parle surtout d'argent, en quoi
l'auteur des *Lettres persanes* anticipe sur
celui de *Juliette*. Autres conditions humaines
visitées : mauvais poète, courtisan, officier,
femme de vingt-cinq ans, eunuque, fillette de
douze ans en cours d'émancipation («Je deve-

nais plus chère à mesure que je valais moins...
J'eus tant d'aventures et de tant de façons que
la famille de mon mari, qui était des plus obs-
cures, commença à être connue »), petit-
maître, prude niaise, écrivain (« Je fis un livre,
mon ouvrage eut un grand succès... J'avais été
jusque-là l'ami de tout le monde. Mais bientôt
j'eus une infinité de rivaux et d'ennemis qui
ne m'avaient jamais vu et que je n'avais jamais
vus aussi »). À la fin de cette odyssée à travers
les corps des deux sexes, de tous les âges et de
toutes les conditions sociales, le héros régresse
de philosophe à pauvre barbier désabusé.
Tout, en chemin, aura été relativisé, moqué,
révoqué. Tel est le sage Montesquieu et
son très mauvais esprit dévoilant les lois qui
régissent l'aventure humaine. Inconséquence,
bêtise, jalousie, vanité, intérêt, cupidité : mauvais goût, finalement, à tous les étages.

Autre petit livre sur lequel se précipiter ?
Les *Mémoires*[1] de Voltaire écrits vers 1758 à
Ferney (Voltaire a soixante-quatre ans, c'est
comme s'il en avait vingt-cinq). L'écriture est
celle, fulgurante, de *Candide* : « J'étais las de la
vie oisive et turbulente de Paris... des mauvais

---

1. Voltaire, *Mémoires*, Seuil, « L'école des lettres », 1993 ;
postface et notes de Louis Lecomte.

livres imprimés avec approbation et privilège
du roi, des cabales des gens de lettres, des bas-
sesses et du brigandage des misérables qui
déshonoraient la littérature [...]. » On peut
difficilement être plus actuel. Voltaire règle
ses comptes à toute allure. Avec Frédéric de
Prusse, d'abord, qu'il humilie savamment en
décrivant la grossièreté de son père, son ava-
rice, sa violence, et en présentant le fils
comme un maniaque de la mauvaise poésie, à
demi châtré : « Il ne pouvait jouer les premiers
rôles ; il fallait se contenter des seconds. » On
a cependant une sympathie compatissante et
ironique pour ce prince puisqu'il a le bon
goût de vous admirer. Sans-Souci était quand
même un château où la liberté de parole attei-
gnait un niveau exceptionnel : « Jamais on ne
parla dans aucun lieu du monde avec tant
de liberté des superstitions des hommes, et
jamais elles ne furent traitées avec plus de plai-
santeries et de mépris. » Complots, diplomatie
secrète, pamphlets de couloirs, lutte des
places avec Maupertuis ou La Mettrie, incident de Francfort (Voltaire et Mme Denis en
résidence surveillée sur ordre du roi de
Prusse), tout est enveloppé de la même ironie
mordante, rien n'a d'importance parce que
c'est moi, Voltaire, qui le dis et en décide ainsi
par-dessus les pouvoirs et les apparences. Vol-

taire est le contraire du hargneux, pas le moindre ressentiment (ce serait de mauvais goût), n'insistons pas, le style ne le permet pas. Le contraire, aussi, de l'hypocrite : voyez comme mon amour de l'humanité est grand, voyez comme je me drape dedans. Non : honneurs, grâces, disgrâces, voyages, guerres, batailles religieuses, médiocrité des confrères («les excréments de la littérature»), petitesse des cours (Pompadour, après tout, n'est que la «Demoiselle Poisson»), bref, l'histoire, la trompeuse histoire qu'on nous somme de révérer, tout est retourné et renvoyé à l'inanité. Damiens? Un pauvre cuistre muni d'un canif et qui n'a fait qu'effleurer Louis XV. La condamnation de l'*Encyclopédie* par le parlement? Une affaire ridicule à propos d'un livre d'ailleurs plein d'insuffisances, une comédie où le parlement s'est appuyé sur un charlatan comme Abraham Chaumeix : «Abraham Chaumeix, ci-devant vinaigrier, s'étant fait jan-séniste et convulsionnaire, était alors l'oracle du parlement; Omer Fleury le cita comme un Père de l'Église. Chaumeix a été depuis maître d'école à Moscou.» Là encore, comme chez Montesquieu, le fond de l'affaire est que les hommes sont incurables et qu'on ne le sait pas vraiment si on s'en plaint ou si on ne trans-forme pas ce constat en gaieté : «Comme je ne pouvais assurément ni rendre les hommes plus raisonnables, ni le parlement moins pédant, ni les théologiens moins ridicules, je continuai à être heureux loin d'eux. » Deux choses, seulement, comptent : le repos et la liberté. Pour cela, il faut l'indépendance financière (Frédéric se réconcilie rapidement avec Voltaire lorsqu'il s'aperçoit qu'il n'est pas ruiné) et une existence incontrôlable, toujours aux frontières : « On me demande par quel art je suis parvenu à vivre comme un fermier général : il est bon de le dire, afin que mon exemple serve. J'ai vu tant de gens de lettres pauvres et méprisés, que j'ai conclu dès longtemps que je ne devais pas en augmenter le nombre. » Tout cela, donc, pour en arriver à cet incroyable communiqué : « J'entends parler beaucoup de liberté, mais je ne crois pas qu'il y ait en Europe un particulier qui s'en soit fait une comme la mienne. Suivra mon exemple qui voudra ou qui pourra. »

Liberté du roman

Ouvrons une caverne aux trésors : Crébillon fils, Duclos, D'Aucour, La Morlière, Voisenon, Boyer d'Argens, Fougeret de Monbron, Dorat, Nerciat, Vivant Denon [1]... Ce ne sont pas seulement des livres mais toute une population qui revient brusquement vers nous, parle, agit, intrigue, jouit, médite. Dirons-nous, comme Calvin en son temps, qu'il s'agit de la « secte fanatique et furieuse des libertins qui se veulent spirituels » ? Ou encore, comme le janséniste Nicole, que ces « faiseurs de romans sont des empoisonneurs publics » ? Au fond, il n'y a peut-être dans toute l'histoire de la littérature qu'un seul vrai débat : refoulement ou franchise. Sous toutes les théories ou visions du monde, il faudrait savoir maintenant

---

1. *Romans libertins du XVIIIᵉ siècle*, Laffont, « Bouquins », 1993 ; textes établis, présentés et annotés par Raymond Trousson.

retrouver cette contradiction. Et convenir enfin que l'expression « dix-huitième siècle français » est un pléonasme : le dix-huitième siècle est français par définition. Marivaux : « Paris, c'est le monde, le reste de la terre n'en est que les faubourgs. » Retrouver Paris à découvert, c'est retrouver le roman lucide du monde contre tous les pouvoirs et tous les clergés (le clergé d'affaire, laïque et rousseauiste, n'étant pas, avec celui des mollahs, le moins répressif).

Furetière : « Un écolier est libertin quand il ne veut pas obéir à son maître. Une fille est libertine quand elle ne veut pas obéir à sa mère, une femme à son mari. » On ne saurait mieux dire : le maître, la mère, le mari, voilà ce que la liberté d'expression et d'expérimentation physique déstabilisent. Qu'on soit libertin, licencieux, érotique, pornographique, obscène *en sachant le dire*, et la comédie sociale, dans son ensemble, est remise en question. Sade, qui porte ce mouvement de connaissance aux extrêmes, en donne la meilleure définition dans *Juliette* : « Le libertinage est un égarement des sens qui suppose le brisement total de tous les freins, le plus souverain mépris pour tous les préjugés, le renversement total de tout culte, la plus profonde horreur de toute espèce de morale. » Un roman qui ne communiquerait pas cette énergie ne devrait pas être écrit.

Crise du roman ? Mais non : crise profonde de la liberté de vivre. Les textes des différents auteurs que nous lisons dans ce recueil sont inégaux ? Qu'importe. Pour contrecarrer l'incessante propagande romantique et dépressive, ou simplement la platitude marchande populiste, il y a urgence. Comment l'esprit peut venir aux débutants et aux débutantes, à condition qu'ils soient doués pour cela, telle est la seule question philosophique sérieuse, et le roman est là pour la faire vibrer. D'où l'importance de la substance *femme* (« l'éternelle ironie de la communauté », dira Hegel), centrale dans ces amoncellements électrisés de discours. Ah, si Emma Bovary, au lieu de se bourrer de romans sentimentaux, avait pu feuilleter le *Portier des Chartreux* ! Par rapport au tunnel dix-neuviémiste, aggravé au vingtième siècle, le rappel de la Régence fait l'effet d'une grande bouffée d'air. La Terreur a sanctionné le siècle du romanesque précis ? Sans doute, mais elle finira bien par être sanctionnée à son tour. La Régence, époque inouïe. *Les Égarements du cœur et de l'esprit,* chef-d'œuvre à relire, la décrit ainsi : « On disait trois fois à une femme qu'elle était jolie, car il n'en fallait pas plus ; dès la première, assurément elle vous croyait, vous remerciait à la seconde, et assez communément vous récompensait à la troisième. » Allons, l'éducation allait vite, la conversation n'était pas sans objet.

Deuxième chef-d'œuvre inconnu, ou presque : *Thérèse philosophe.* Déclaration liminaire : « La volupté et la philosophie sont le bonheur de l'homme sensé. Il embrasse la volupté par goût, il aime la philosophie par raison. » Tel est le roman nécessaire, celui qui fait tourner les pages parce qu'on s'amuse à savoir. Seront donc antiromanesques les embarras insensés et la rumination malheureuse par inaptitude à la volupté. C'est clair, agaçant, insupportable, mais c'est ainsi. L'auteur nous prévient d'ailleurs de son pessimisme : sur cent mille personnes, vingt à peine savent penser, et à peine quatre sont susceptibles de penser par elles-mêmes. La compréhension de la philosophie romanesque n'est donc pas à la portée de tous, pas plus qu'il ne saurait y avoir de démocratie sexuelle : « Ces vérités ne doivent être connues que des gens qui savent penser, et dont les passions sont tellement en équilibre entre elles qu'ils ne sont subjugués par aucune. » La pédagogie libertine ne peut se faire sans secret. D'où l'art des doubles sermons, l'importance accordée à la lecture qui produit des effets d'excitation directe, une science du voyeurisme et de la peinture, une discipline qui dénonce toute passivité. « Les désirs, écrira Denon, se reproduisent par leurs images » : interdire les images ou les stéréotyper manifeste toujours une volonté de tuer les désirs. De ce point de vue, puritanisme et pornographie lourde sont du même ordre.

Encore un chef-d'œuvre ? Mais oui, *Margot la ravaudeuse*, de Fougeret de Monbron. Cette fois, ce sont les coulisses de la prostitution, le Palais-Royal, l'Opéra, les manies, les emportements, les remèdes. Voilà un livre dont la destruction a été ordonnée en 1815, 1822 et 1869 : tout un programme. Vous pourrez y apprendre, par exemple, ce qu'était la pommade astringente, dite Du Lac, qui « opère son effet en moins d'un quart d'heure et donne un air de nouveauté aux choses qui ont le plus servi ». Fougeret de Monbron, grand voyageur européen et auteur du *Cosmopolite*, effrayait Diderot et se moquait de Platon. Esprit libre, il ne s'est jamais caché de haïr les hommes. Sa politique est simple : « Les grands ne sont

généralement grands que par notre petitesse ;
et c'est le respect aveugle et pusillanime,
qu'un ridicule préjugé nous inspire pour eux,
qui les élève à nos yeux. Osez les envisager ;
osez faire abstraction du faux éclat dont ils
sont environnés, le prestige s'évanouira. »
Conseil à suivre, sagesse financière.

Enfin, un diamant : *Point de lendemain*, de
Vivant Denon. Là, en quelques pages, quel
art ! Rapidité de la narration (« on va vite avec
l'imagination des femmes »), variation des
paysages et des décors (la nuit, le moment, les
terrasses, les jardins, les bancs de gazon, les
corridors, les portes dérobées, les canapés, les
coussins), vivacité des dialogues, tromperie et
retournement des rôles... Résumé de l'efficacité romanesque : « Chaque mot était en situation. » Là encore, une femme mène le jeu
souterrain, nerveux. Mais l'ironie sérieuse exi-
geait que l'exergue vînt d'une Épître aux
Corinthiens, véritable adresse aux écrivains
conscients du futur : « La lettre tue, l'esprit
vivifie. » Ainsi soit-il, dans les plus irrespecteux
des romans possibles.

Naissance de Sade

Un préjugé courant, démocratique et romantique, veut que les hommes de génie n'aient pas eu de père, du moins pas de père remarquable. À cette règle égalitaire, il fallait une exception énorme, renversant les idées reçues. Non, il ne s'agit pas de Jésus-Christ, mais de Sade. Le Marquis, en effet, n'est pas tombé du ciel, sa naissance a été *préparée*, il est en tous points le contraire d'un Œdipe. Un Jean-Baptiste le précède, comte, dont les archives, conservées par son fils, sont à tous égards stupéfiantes. Roman familial ? En voici un, propre à déprimer gravement les névroses. Sade, le monstrueux Sade, a donc eu un père extraordinaire, à la fois diplomate, philosophe, soldat, libertin ? Un père aimant son fils et aimé de lui ? Traumatisme ! Scandale !

Enchantement, plutôt. Ces lettres de famille, brusquement ouvertes et qui arrivent ainsi, après deux siècles, à destination, sont une mine de révélations pour les historiens[1]. Tout le dix-huitième siècle s'y déploie, y bat, s'y débat. Le comte Jean-Baptiste de Sade se mêle de tout et est mêlé à tout : guerre, ambassades, théâtre, galanteries, intrigues. Ses correspondants l'informent constamment du moindre mouvement militaire, de la plus significative agitation des coulisses. Anonymes ou célèbres (parmi eux : Voltaire, le maréchal de Richelieu, d'Argenson), ils écrivent tous comme s'ils devaient être publiés un jour. Ils ont un talent du diable. Parfois, en marge, l'écriture du Marquis pour un bref commentaire. Exemple : « Lettre de mon père à l'une de ses maîtresses. » On croit rêver. Celle-là, c'est Mlle de Charolais, dont voici le style à l'égard du comte : « Ne doutez jamais de la délicatesse d'une femme qui sait attendre son amant quatre ans... Bonjour, coquin. »

Jean-Baptiste de Sade a comme ami, entre cent, le maréchal de Saxe (rien que pour la

---

1. « Bibliothèque Sade », *Papiers de famille. 1 — Le règne du père (1721-1760)*, Fayard, 1993 ; publié sous la direction de Maurice Lever.

description détaillée des combats et de la stratégie du temps, ce volume est une merveille).
Il lui écrit : «Faites-moi part de vos amuse-
ments. Je souhaite qu'ils soient médiocres
pour vous revoir plus tôt... On mange, on
chasse, on joue, on couche partout. Mais ce
n'est qu'en France qu'on jouit de tous les
délices de l'amour, même sans en prendre
infiniment.» Le ton est donné. On se parle à
toute allure, mais avec précision, de sièges, de
tranchées, d'attaques et de contre-attaques.
De mariages arrangés et de liaisons tour-
nantes. De bêtises et d'agonies. De promo-
tions et de destitutions. De publications ou de
comédies récentes. Un de ses correspondants,
en campagne, écrit ainsi au comte (nous
sommes en 1743, le petit Donatien a trois
ans) : «Je ne suis pas étonné que le bal vous
ait produit quelques bonnes fortunes. Pour
moi, je fais grand cas de celles du bas étage :
je les trouve beaucoup meilleures. Il y a ici
une très jolie petit fille qui vient me voir
presque tous les soirs. La conversation n'est
pas vive, mais elle n'a que treize ans, sa figure
est charmante. La musique est ma plus
grande ressource.» En ville, le soir, on joue
au cavagnole, au piquet, à la manille, au pha-
raon, au biribi (sorte de loto). Le plus étonnant est que la langue est tellement crue,

déliée, vivante, qu'elle a l'air de se servir elle-
même des corps comme conducteurs ou
acteurs plus ou moins doués. On ne respecte
rien ni personne. Les grands hommes du
temps ? Voltaire ? « Il faut qu'il se batte toujours avec quelqu'un : général ou goujat, tout
est égal pour lui ; la brochure d'un polisson
qui lui refuse ses hommages le fait s'éva-
nouir. » Marivaux ? Pas mal, mais peut faire
mieux. Montesquieu ? Du génie, sans doute,
mais trop avare. Les personnages de la pièce,
publique ou intime, s'appellent le cardinal
de Fleury, Conti, Tencin, Breteuil, Belle-
Isle, Bernis. Mme de Pompadour est là, et
Crébillon fils. Les variations érotiques de
Louis XV n'empêchent pas qu'il soit « le
meilleur des rois » (Damiens en saura quelque chose). Les batailles font rage entre
jésuites et jansénistes ? Sans doute, mais
quelle importance ? En 1745, le père du Marquis écrit cette phrase : « Je jouis de tout et ne
m'aveugle de rien. » Une autre maîtresse du
comte ? Voici Anne Charlotte de Salaberry,
marquise Romé de Vernouillet. Elle lui écrit :
« Vous êtes charmant. Vous parlez toutes les
langues avec une égale facilité. Poète, philosophe ou galant : on a toujours du plaisir à
vous entendre. » Et aussi : « Je bannis la jalousie : elle rend le commerce épineux et enlai-

dit celui qui en est tourmenté. Je ne la trouve pardonnable que dans l'excès d'une passion, parce que l'ivresse excuse tout. » L'ivresse excuse tout : c'est déjà Juliette.

Les peintres de l'époque sont Quentin de La Tour ou Chardin. Mlle Clairon chante à L'Opéra. Les lieux disputés sont Fontenoy, Rocoux, Lawfeld. « Les ennemis n'ont pas cru que les Français entreprissent une manœuvre aussi audacieuse : la témérité de la chose en a fait la sûreté. » Quand le comte de Sade raconte une de ses aventures, il s'exprime ainsi : « Je cessai de parler, j'agis, je triomphai. » La philosophie générale des esprits conséquents peut se résumer par cette notation : « Je ne puis pas souffrir qu'on se serve de la religion pour nuire. » Tous ces interprètes ont lu les moralistes du Grand Siècle, le clavier fondamental. Ils sont au courant des intérêts de l'amour-propre et de la vanité menant le monde. On ne les étonnera pas, on ne les effraiera pas. Quand il le faut, les décisions sont vite prises : « Le vicomte de Rohan, dès qu'il a su qu'il avait la petite vérole, a fait son testament, reçu les sacrements, et a fait faire de la musique jusqu'au moment de sa mort. » Bien entendu, dans l'ombre, les dévots enragent. Ils dénoncent, intimident, tentent

de terroriser. Comme ils ont l'air extérieurs
à la vie, pourtant ! La vie véridique vibre, en
douce, dans ce qui est sans doute la révélation
la plus forte de cette malle aux trésors :
Mme de Longeville, autre maîtresse du comte
de Sade. Elle lui écrit : « Rien n'égale votre
vivacité que ma tendresse... Adieu, mon Sade.
C'est dire tout ce que j'aime de dire "mon
Sade". » Quant au futur auteur de *La Philosophie dans le boudoir*, elle l'appelle « notre
enfant », « notre fils ». Il est chez elle en
vacances, en même temps que Mme de Vernouillet dont il est amoureux comme un ché-
rubin. Il a treize ans. Mme de Vernouillet dit
de lui : « C'est un singulier enfant. » Mme de
Longeville, elle, écrit au comte : « Savez-vous
qu'il est bien embelli ? Je l'ai débarbouillé
avec de l'huile d'amandes douces, car je crois
l'avoir fait et j'aimais à l'embellir : cela ne gâte
point. » Oui, oui, ce petit aura « autant de courage que d'esprit ». C'est aussi l'avis de son
commandant de cavalerie : « Il a une douceur
extrême dans le caractère qui le fera aimer de
tout le monde. » Pourtant, un autre témoi-
gnage nous assure que le jeune Marquis a un
cœur ou plutôt un corps « furieusement com-
bustible ». Qu'en pense son père ? Il le dit à sa
maîtresse (et n'oublions pas que *sade* veut dire
le contraire de *maussade*) : « J'ai quelquefois vu

des amants constants; ils sont d'une tristesse, d'une maussaderie à faire trembler. Si mon fils allait être constant, je serais outré. J'aimerais autant qu'il fût de l'Académie. » On connaît la suite.

Voltaire, aujourd'hui

Pour parler des Français, Voltaire a eu un jour cette définition : « [...] un composé d'ignorance, de superstition, de bêtise, de cruauté et de plaisanterie. » Qui ne voit qu'on pourrait, désormais, l'appliquer à l'humanité entière ? Oui, c'est bien ainsi que le monde va, à travers l'illettrisme galopant, la crédulité, l'oubli, la sottise, les massacres renouvelés, le divertissement agité. On se demande comment l'imposture du « voltairianisme », ce masque de tolérance sirupeuse, a pu être plaquée bourgeoisement sur le visage de ce géant lucide et mobile. Voltaire optimiste ? Quelle erreur ! Pessimiste ou nihiliste ? Pas davantage. Mais alors ? Alors, la vérité est qu'on ne le lit pas.

En 1964, dans sa belle préface aux *Romans*

et contes[1], Barthes écrivait : « Il n'a d'autre système que la haine du système (et l'on sait qu'il
n'y a rien de plus âpre que ce système-là) ; ses
ennemis seraient aujourd'hui les doctrinaires
de l'Histoire, de la Science ou de l'Existence,
marxistes, progressistes, existentialistes, intellectuels de gauche, Voltaire les aurait haïs,
couverts de lazzi incessants, comme il a fait, de
son temps, pour les jésuites. » Nous sommes,
sauf erreur, en 1994, et les « intellectuels de
gauche » ne sont, pas plus que les jésuites, en
position confortable. Voltaire aurait donc
gagné ? Loin s'en faut. Car aux dévots d'il y a
deux cents ans, ou trente ans, ont succédé
d'autres dévots et d'autres dévotes, toujours
aussi « politiquement corrects ». À vrai dire
l'engeance est éternelle, et Voltaire la ramasse
dans cette formule : « Ils se sont faits dévots de
peur de n'être rien. » Au culte de l'Histoire a
donc succédé celui d'une pseudo-fin de l'Histoire ; au Scientisme dix-neuviémiste, le règne
de la Technique généralisée ; à l'Existence
comme valeur, le retour déferlant des inté-
grismes et des fanatismes appuyés sur l'escro-
querie de « Dieu » comme marchandise. Vol-

---

1. Voltaire, *Romans et contes*, Gallimard, « Folio » n° 876.

taire de droite ? Allons donc, la droite le déteste, et à juste titre : son rire est mortel. De gauche ? Eh non, trop libre. Du centre ? Mais il est, dans son langage même, la négation de tout « centre ». Alors ? Alors, nous faisons semblant de le commémorer (lui qui aurait eu horreur d'être enfermé au Panthéon, surtout à côté de Rousseau), mais nous n'aimons pas, et pour cause, ce « grand seigneur de l'intelligence » comme l'appelait Nietzsche qui, finalement, reconnaissait en lui son précurseur.

Faites l'épreuve : ouvrez *Candide* ou la *Correspondance*. Voltaire est accablant de simplicité, de complexité, d'électricité, de gaieté. C'est un Verbe fait homme (et voilà pour sa compétition avec Jésus-Christ), une langue sans cesse en acte par-dessus elle-même. Plutôt que de « défendre » la langue française, mieux vaudrait propager Voltaire, décréter, *urbi et orbi*, sa lecture systématique. Exemple : « La vie n'est que de l'ennui ou de la crème fouettée. » Ou encore : « On ne vit pas assez longtemps. Pourquoi les carpes vivent-elles plus que les hommes ? C'est ridicule. » Ou encore : « Quiconque me dit : pense comme moi ou Dieu te damnera, me dira bientôt : pense comme moi

ou je t'assassinerai. » Ou encore : « J'ai vu qu'il
n'y avait rien à gagner à être modéré, et que
c'est une duperie. Il faut faire la guerre et
mourir noblement sur un tas de bigots immo-
lés à mes pieds. »

Toutes ces flèches, je les emprunte à la
monumentale biographie de Voltaire, enfin
achevée sous la direction de René Pomeau[1].
Faut-il s'étonner qu'elle soit publiée à
Oxford ? À peine. Ces livres sont un enchantement. Roman policier, aventure quoti-
dienne, château volant de ruses, de sincérités,
d'indignations, d'insolences, telle est la forme
de la vérité. Dieu, que cela nous manque au
milieu de tant d'ignorance, de superstition, de
bêtise, de cruauté, de plaisanterie ! Ce patient
travail, jamais ennuyeux, à propos de « l'au-
bergiste de l'Europe », est un grand chef-
d'œuvre. La fin du vingtième siècle, décidément stupéfiante, nous impose donc Voltaire
pour démasquer la Diablerie en cours ?
Comme j'aime cette notation d'une des visi-
teuses de sa vieillesse, à Ferney : « Il était gai,
causant. Nous avons parlé de la mort en étouf-
fant de rire. » Comme elle est inouïe, cette

---

1. Deux derniers volumes parus, IV et V, *Voltaire Foundation,
Taylor Institution*, Oxford, 1994.

déclaration en trois mouvements expédiée un jour à Mme Denis : « On a voulu m'enterrer. Mais j'ai esquivé. Bonsoir. »

DÉCOUVREZ LES FOLIO À 2 €

GUILLAUME APOLLINAIRE *Les Exploits d'un jeune don Juan*

Un roman d'initiation amoureuse et sexuelle, à la fois drôle et provocant, par l'un des plus grands poètes du xxᵉ siècle...

ARAGON *Le collaborateur* et autres nouvelles

Mêlant rage et allégresse, gravité et anecdotes légères, Aragon riposte à l'Occupation et participe au combat avec sa plume. Trahison et courage, deux thèmes toujours d'actualité...

TONINO BENACQUISTA *La boîte noire* et autres nouvelles

Autant de personnages bien ordinaires, confrontés à des situations extra-ordinaires, et qui, de petites lâchetés en mensonges minables, se retrouvent fatalement dans une position aussi intenable que réjouissante..

KAREN BLIXEN *L'éternelle histoire*

Un vieux bonhomme aigri et très riche se souvient de l'histoire d'un marin qui reçoit cinq guinées en échange d'une nuit d'amour avec une jeune et belle dame. Mais parfois la réalité peut dépasser la fiction...

TRUMAN CAPOTE *Cercueils sur mesure*

Dans la lignée de son chef-d'œuvre *De sang-froid*, l'enfant terrible de la littérature américaine fait preuve dans ce court roman d'une parfaite maî-trise du récit, d'un art d'écrire incomparable.

COLLECTIF *« Ma chère Maman... »*

Ces lettres témoignent de ces histoires passionnées de quelques-uns des plus grands écrivains avec la femme qui leur a donné la vie.

JOSEPH CONRAD *Jeunesse*

Un grand livre de mer et d'aventures.

JULIO CORTÁZAR *L'homme à l'affût*

Un texte bouleversant en hommage à l'un des plus grands musiciens de jazz, Charlie Parker

FRANZ KAFKA   *Lettre au père*

Réquisitoire jamais remis à son destinataire, tentative obstinée pour comprendre, la *Lettre au père* est au centre de l'œuvre de Kafka.

JACK KEROUAC   *Le vagabond américain en voie de disparition*, précédé de *Grand voyage en Europe*

Deux textes autobiographiques de l'auteur de *Sur la route*, un des témoins mythiques de la *Beat Generation*.

JOSEPH KESSEL   *Makhno et sa juive*

Dans l'univers violent et tragique de la Russie bolchevique, la plume nerveuse et incisive de Kessel fait renaître un amour aussi improbable que merveilleux.

RUDYARD KIPLING   *La marque de la Bête* et autres nouvelles

Trois nouvelles qui mêlent amour, mort, guerre et exotisme par un conteur de grand talent.

LAO SHE   *Histoire de ma vie*

L'auteur de la grande fresque historique *Quatre générations sous un même toit* retrace dans cet émouvant récit le désarroi d'un homme vieillissant face au monde qui change.

LAO-TSEU   *Tao-tö king*

Le texte fondateur du taoïsme.

PIERRE MAGNAN   *L'arbre*

Une histoire pleine de surprises et de sortilèges où un arbre joue le rôle du destin.

IAN McEWAN   *Psychopolis* et autres nouvelles

Il n'y a pas d'âge pour la passion, pour le désir et la frustration, pour le cauchemar ou pour le bonheur.

YUKIO MISHIMA   *Dojoji* et autres nouvelles

Quelques textes étonnants pour découvrir toute la diversité et l'originalité du grand écrivain japonais.

KENZABURÔ ÔÉ   *Gibier d'élevage*

Un extraordinaire récit classique, une parabole qui dénonce la folie et la bêtise humaines.

RUTH RENDELL   *L'Arbousier*

Une fable cruelle mise au service d'un mystère lentement dévoilé jusqu'à la chute vertigineuse...

PHILIP ROTH   *L'habit ne fait pas le moine,* précédé de *Défenseur de la foi*

Deux nouvelles pétillantes d'intelligence et d'humour qui démontent les rapports ambigus de la société américaine et du monde juif.

D. A. F. DE SADE   *Ernestine. Nouvelle suédoise*

Une nouvelle ambiguë où victimes et bourreaux sont liés par la fatalité.

LEONARDO SCIASCIA   *Mort de l'Inquisiteur*

Avec humour et une érudition ironique, Sciascia se livre à une enquête minutieuse à travers les textes et les témoignages de l'époque.

PHILIPPE SOLLERS   *Liberté du XVIIIème*

Pour découvrir le XVIIIème siècle en toute liberté.

MICHEL TOURNIER   *Lieux dits*

Autant de promenades, d'escapades, de voyages ou de récréations auxquels nous invite Michel Tournier avec une gourmandise, une poésie et un talent jamais démentis.

MARIO VARGAS LLOSA   *Les chiots*

Mario Vargas Llosa, écrivain engagé, raconte l'histoire d'un naufrage dans un texte dur et réaliste.

PAUL VERLAINE   *Chansons pour elle* et autres poèmes érotiques

Trois courts recueils de poèmes à l'érotisme tendre et ambigu.

Composition Bussière
et impression Bussière Camedan Imprimeries
à Saint-Amand (Cher), le 16 septembre 2002.
Dépôt légal : septembre 2002.
Numéro d'imprimeur : 23509-022858/1.
ISBN 2-07-042529-0./Imprimé en France.

14114